三十女子微物誌

吳緯婷——著

獻給

吳清海

目次

微物

微情

微塵

推薦序

剛剛好的微悟

李欣倫
（作家，中央大學中國文學系副教授）

寫物，似已成作家傳統，近年來，聚焦於物而寫就的散文集不少，以臺灣女作家為例，張亦絢的《感情百物》，藉由物件通往囤放百種情感的祕密洞窟；夏夏的《小物會》以物記事，記憶在家常物件上放光，身體器官也凝縮別緻風景。栩栩寫物雅致而精細，《肉與灰》中無論談絲襪還是豆花，皆能從細膩文字中觸得物之紋理。眾物疊加至最燦爛、繁茂處，常也翻出潔淨真理，由物而悟，大抵也是近年臺灣女作家的物誌示範，周芬伶《雨客與花客》堪稱其中經典，先介紹茶、香之歷史及特色，之後讓讀者從花謝、香滅的餘燼中，思索世事如露如幻。

在當今寫物的散文書寫脈絡中，物的敘事豐茂，而三十女子吳緯婷的《三十女子微物誌》，編織的又是何種物語呢？

此書分為三輯，依序是微物、微情和微塵，「微物」始於耳環妝點外貌，終於衣櫃換季斷捨離；「微情」始對情歌的深度析理，終於從老貓視角窺視的新人類女孩；「微塵」則從身體的痣和疤寫起，最後收束在煮飯女子的微觀世界，柴米油鹽的小日子，收攏了物件、情感、婚姻、父母等故事。大抵來說，從微物到微塵，展現了從「外物」到「內悟」的歷程，緯婷像個細緻敘說的導覽員（或微物之神？），沿著標記年齡三十的時間軸，一一介紹她所寶愛之物，讀者所賞覽的不僅是一名行路女子的藏品，更是每個物件燭照到記憶倉庫與內心深處的時光之旅。

看來是身外之物，卻又無比深入／入身，大抵是「微物」一輯的重點所在。僅停留在顏面十幾分鐘的面膜，在緯婷筆下，最後存留下來的卻「有女子人情的暖，有暫隔世界的鬆」。指甲油也是，當今指甲彩繪成為眾女子的基本標配，繁麗花樣綻開其上，自稱「單色信眾」的她，從最表層的色彩學，觀視出人生諦理，她認為指甲油「更像一則邀請——你能不能穿透表象，從枝微末節，看見整體的我，理解其間轉折的意念。」香水亦然，這無形卻強烈顯示存在的味道，透過反覆推敲與省思，意義逐漸濃郁了起來，我特別喜歡緯婷對香水的幾種詮釋：無形卻具象、以混合的他物出現、作為情感連結、化為私密印記，細數香水之理並援引經典闡釋後，文章收攝在對嬰孩自然香的禮讚，那天下無敵的生之氣味。是的，「微物」是生之禮讚，以色彩、味道、形狀等獻上祝福，即使是名片、發票等小物，也回過頭來捕捉三十女子的多種面貌。

在三十女子的凝視與詮釋下，物質脫離表象，袒露核心，綻放意義。

「微情」聚焦於「情」，而情歌常是動情媒介，不過〈秋天無法聽歌〉提供了一個衡量愛人與自愛的矛盾性，被情歌養大的世代，終究不輕易為情歌中塑造出來的「情」買單，於是便出現了看似背反、細思後不免莞爾的金句：「秋天無法聽歌，因為秋天太適合聽歌」。除了情歌，也寫徵友軟體，作者將上下左右滑臉譜的過程，巧妙形容成華爾滋，在這篇和〈提親日〉之間，又巧妙置入〈徵婚啟事〉詩作，這與陳玉慧八〇年代末的行動藝術實踐同名之作，卻翻出新意，詩中帶著俏皮趣味，一一開出既古典又當代的徵婚條件，也讓讀者窺視一名「多麼奮力生活的，三十事業女子」的形象。

像她這樣的三十事業女子，除了奮力，也擁有溫柔眼目和安穩心性，〈提親日〉寫父親和男友在繞湖路徑上步行，作者順著路的弧度走下去，從散步中體悟到人生智慧：「也許人生大事就是這樣，急不得，你就該擺著它、不看它，像水自四面八方來，樹尖、山壁、伏流、苔石，一滴滴凝聚，它順著它自己的心意走，等時間到了，溪流自然出現。」緯婷從山水風景，窺得親密關係的經營之道。從談伴侶的指甲剪、旅途必備的好物，一路也總結到關係營造，這不僅示範了觀照微物，也同時指向了「微悟」：一種劑量剛剛好、不過於負擔、不予人壓力的悟性與覺照。

「微塵」一輯所述，大抵是告別。在進入正文前，穿插了〈三十女子〉詩作：「日子一到，突然被移送、歸類」，對身體尚有多少保存期限而略感警覺，女子三十其實還青春——「微物」、「微情」兩輯便展現了對活潑生命的、青春情事的歌詠——不過作者卻能從自身和身邊的人事物，意識到老的步伐悄悄靠近，因此「微塵」從年老談起，新生的痣讓作者意識到老了，指節上的疤也成為告別戀情的註腳，老之後是病與死，因此也談父後與母親整理父親衣櫃之事，〈購物男子〉是二〇二三年獲得第十九屆林榮三文學獎小品文獎的作品，寫父親生前愛買之習性，凡衣物常以「一套、一手、一打、一箱」為單位起跳，面對難以處理之（囤積？）「仍是新物的遺物」，緯婷看見的卻是煥發著希望之光的可能：父親應是去了另一處美景勝地採購、玩耍，遺物原來也能長出新意。

相較於沿著時間序上推移的「老」，我以為三十女子展現的「老」更是精神上的熟成，尤其是人際往來的節制與自律。〈冷漠〉一文可謂人際關係鍊金術，在面對他人與凝視自我之際，提煉出不少金句，像是：「人際關係太博大精深，有些神祕我已經放棄參透，並且明白另一個簡單事實——我沒那麼可愛，何必追求人見人愛」。與其討好工作上的同事，不如窩回家學老貓躺睡，與戀人相偎。同樣的反思也閃現於〈鹿港的風〉，我尤其喜歡作者從廣場地磚的花紋與排列，思索「人際能不能像磚般緊扣，既保有自己方銳的個性、突出尖角，又圓圓滿滿」，踩在腳下的地磚在緯婷眼中，卻隱藏微言大意，折射出人與人相處之理，凡進入眼簾的物件，皆蘊含值得細察、靜思的意義，微物再度濃縮成微「悟」，像是作者替讀者準備的小小驚喜。

人際互動的眉角，潛伏的言外之意，確實也是三十（事業）女子的初體驗和修煉，此種私語隱伏於多篇文章中，例如〈馬尾〉先談綁馬尾的童年記憶，但文章後段筆鋒一轉，談到人們碎嘴、閒語、貼標籤，讓作者想到了健身房教練談肌肉鍛鍊的過程，肌肉的損壞與修補，也讓三十女子微悟「訓練自己好好受傷的能力」。

於是，三十女子有各種姿態，幻變出多重化身，停駐在每個細瑣之物上。從微物、微情到微塵，繽紛萬物從有距離的存在，到貼身、入身，作為勾動情意或召喚記憶的媒介，最終，物如同身，也飽含著終將棄置的深意，大千世界的微物成為我們凝視進而內化的符號，讓我們從盈滿眾物的器世間，回到自身，予以樸實而真誠的觀照。

名家推薦

（按姓名筆劃排序）

聽機械錶數百齒輪同轉的細囓咬音，三問錶的精準報時鈴。讀《三十女子微物誌》，但聞聲連的ksana，剎那梵語古字意指，七十五分之一秒最細微的時間切割法。是作者在大寫的父，司禁止控制之人歿後，與步入婚姻庖廚間的本體性靈檢驗。緯婷如金工士，斬時破分融秒，其陰性時間並非滿溢顛覆況境或充滿煙硝氣息。她的女性主義帶甜，薰香，有樂音綿綿，她將自己的房間滿飾晶亮小物與大師靈光。是陰性的軟革命，也是交戰前的備糧時刻。

——白樵

從《行路女子》迤邐行來，緯婷走進這段女子的珍貴時光，三十歲。她的文字仍具靈慧，學生素淨氣息未脫，然而，字裡行間初初有了剛剛成形的滄桑——感傷與滿足同在，天真與覺悟並陳——一如卅歲年華在生命中扮演自青春至中年，承先啟後的轉折。

三十是豐盈肉身初虧，始知養護之必要；是談了幾段磕碰感情，終於牽起那人之手的篤定。我尤其喜歡卷末淡筆勾勒的父親，緯婷以文字留下了父親的點點滴滴，此生有幸父女一場，那是全書最美最深的餘韻。

——吳妮民

或許是出於女性專有的感官覺知，微小事物出現在女性作家筆下往往顯得婉轉多情，蘊藏一個微宇宙。很喜歡《三十女子微物誌》裡的體物幽微，吳緯婷用清透的眼光去梳理生活，去妥善安置情緒。跨越某個年齡刻度，吳緯婷的心靈卻還是不長皺紋，文章寫得自在坦然。耳環、面膜、名片、指甲油……，這些生活零件透露了作家面對生活的奧祕。她從日常細微處著手清理人生，收整記憶像是在做家事。物與我、人與我、世界與我之間的種種羈絆，因而顯得無比珍貴，無比動人。

——凌性傑

才三十歲？太可惡了！（忍不住在內心狠狠跺腳）

緯婷用關於女子的小物將之串接起一條華麗珠鍊，既是時間璀璨的紀念，是身體走向衰老的見證，以及看似無關緊要的積習之養成。哎呀，果然這就是女子啊！

想起自己三十歲時的狼狽與崩壞，但經歷過後又感到曾經盛開如是美好。讀緯婷的文字不住地拍手叫好，生而為女子的好與壞都被她看透。她輕巧得宜拿捏文字，恰如三十歲該有的成熟與亮麗。未免太讓人忌妒了！

——夏夏

三十而立。金句人人熟記，至於怎麼立，書上沒有說。

書上沒說的，緯婷娓娓道盡了。年至三十，數度出入人世之險，父親病故，情場風波惡，自不在話下，正因如此，益發顯現執迷與用情之可愛可貴。現代人長壽，三十著實還早，但一早就知愛美也懂自愛，立得穩當漂亮，足見緯婷的好身手、好氣度。

——栩栩

微物

耳環

女子們總有些執念，關於外貌服飾，好像有許多古靈精妙的事物，如同森林的迷境，可以一頭栽下去嘗試。妝容、指甲、高跟鞋、飾品……，任何一種都是奧祕，都是個坑。新婚的朋友不過陪了妻子上寶雅一趟，回來就如同劉姥姥逛大觀園一般，感歎認識了新世界，又如同浦島太郎遊歷龍宮回返，驚覺一個下午瞬間消失，時光匆匆，雙鬢雪白。

愛美是女人的天性，人們常這麼說。還記得臺北車站附近的僻巷內，一張醫美半裸背身海報，下標：「女人不是善變，女人要的是多元的體驗」、「享受做女人的樂趣」。關於後者我不置可否，但關於前者……對押韻的文字，我一向腦波弱，馬上覺得有理，內心點頭：「啊，原來如此。」但這是件怪事，舉凡生物界中，較妖嬈豔麗者，似乎多為雄性——雄孔雀在灰白雌孔雀前哇哇大叫，一邊刷地開屏，張開抖動一千只華麗的眼睛；長大後的辛巴，晃著滿頭柔順迎風擺動的鬃毛，在樹影綠意裡，與娜娜共譜戀曲。在於人界（不知幸或不幸），女性卻優先占有了胭脂水粉的特權。

當然，所有事物都能選擇，妳能打理，妳也可以不理。但對於略有冒險嘗鮮性格的我，這輩子既然生為女身，有坑，不栽一下，有點可惜。

我的執念在耳環。

首先想像一個家規甚嚴的環境，比如說，不可穿貼身衣服、膝蓋之上的短裙褲，大學前門禁是晚上六點；接著想像一個容易發炎，而且過敏的體質；最後這個人，不僅耳垂偏厚，還非常非常地怕痛。

於是這人耳洞一再密合，又一再刺穿的過程，或許就可稱之為一種執迷的愛。

「回去偶爾轉一下，洗完澡把水擦掉，兩個月之後就可以拿下來了。」西門町萬年大樓裡的阿姨拎著我發紅的耳朵，一派輕鬆地交代。我仍閉著眼睛，朋友的手被我捏得發痛。阿姨一身家常服飾，更增添了她言語的威信。回家路程，痛覺慢慢麻脹開來。有一根刺，瞬間爆裂地穿過雙耳，並且留在那裡。在公車搖擺中，我模模糊糊地想，人為什麼會試圖，在身上留下永久的缺口？

但是阿姨騙我。兩個月過後，才一夜拿下，隔天洞口就密合了。我又坐在她面前，讓痛貫穿我。這次我學乖了，加碼戴了將近半年，小心翼翼地拿下，然後隔天醒來，深呼吸、抖著手將耳環對準耳洞——剩下的你們都知道了。

沉寂了多年，已經慢慢接受無耳環的命運，訂婚的W，竟送了一對耳環給我。我邊幫她折訂婚宴的裝飾，歪頭怪說：「可是我沒有耳洞啊……」然後居然聽見自己話鋒一轉，「擇日不如撞日，今天去穿。」到底是被誰附身，用我的聲音說話？當晚雙耳又歷經一次疼痛。「耳垂真厚，戴起來一定漂亮。」這次是精妝的年輕老闆娘，用撫摸獵物皮毛般的神情，揉著耳垂誇獎我。我只能苦笑。幾個月後，左耳成功，右耳又密合。身體擁有自己的意志，抗拒缺損。但我也有我的意志，尋求毀傷——於是右耳又穿了一次。

接連四次受難的右耳，不過為了滿足「戴耳環」這微小的願望。到最後已經不是對美的企求，而是一句執念：「別人都能，我不信我不能！」是百分百的賭氣，是人對於自己肉體掌控的一種測試和對話。

說到底，比起自己，我更愛看人戴耳環。《紙牌屋》（*House of Cards*）後，接著看丹麥政治劇《權力的堡壘》（*Borgen*），著迷女總理 Birgitte Nyborg 每日在出門單挑詭譎政局之前，對鏡戴上雅致又充滿魅力的小耳環，彷彿日常儀式。或有編輯友人身材高䠷美好，膚色白皙，她善選精巧耳環搭配連身洋裝。有時是一對如展翅的黃銅杏葉，有時是如水滴的天然珍珠。她將頭髮一挽，露出半邊的耳，一起看稿時招惹我數度失神。或在學校，隔著長桌，看俏麗短髮的戲劇系同學，垂墜的耳環在光下輕輕搖盪，老師的聲音一瞬間如同煙霧飄散。或者男人自我手中取走簡淨耳環，俐落一戴，露出側臉討稱讚似地問：「如何。」什麼如何？男人戴耳環，特別色氣，當然非常之好。

男人有時候也送耳環，但這個送，該有些講究。一次經過櫥窗，被詢問：「想要耳環嗎，看喜歡哪一款？」我輕笑，拉著繼續走。女人的東西，女人可以自己買。但這不是矜持，或者驕傲不收的問題。要送要收，適合在祕密之間進行。在拆開的時候，才能驚喜於送禮之人的美感，以及理解在對方心中，曾如何揣測、描摹妳的形象。

男女的耳環，各有魅惑雅致之流；耳環的收送，亦事關親密親暱。但如果我們對鏡戴上——那是因為我們喜愛，自己選擇的模樣。

盯著鏡子，看鏡中的自己，仔細地，一寸寸凝視自己的皮膚。人說看鏡是自戀，是愛美。她想，其實不是的，是恐懼。

我們目視肉體的衰敗，目視緩慢死亡的過程——然後拿起筆來化妝。

做自己的禮儀師。

面膜

「姑姑這是什麼東西？」三歲多的姪子含著奶嘴，在耳邊發出咂咂咂的吸吮音。

尚不會講話的姪女，獃愣愣站在我面前，手指像鳥喙一樣，逕自嘟嘟刺到我臉上來，然後猛然一伸手，直接從下方撕掉我半張臉。

出手就是狠招，真是個表面裝傻、心中明透的小刺客。

「這是什麼？」姪子在旁又問。

「是面膜。」我趕緊把半張白臉貼回去。

「面膜是什麼？」

「面膜是對自己皮膚不滿意或沒有自信時使用的東西。」

都還來不及接話，斜躺在橘色沙發上蘑菇樣態的嫂子，眼睛沒有離開手機螢幕，手也沒有停止滑動，一連串話語便如同大湖的湧泉水珠，啵啵啵地冒出來。長句還不用換氣。

搞什麼一搭一唱，不是這樣的好嗎？你們一家仨都莫名其妙！我彎腰笑岔了氣，面膜皺成一團，不再服貼，充滿了小氣泡，最後只能整張撕掉。

唉，家人難辦，眼角又多了不少笑紋。

但事過一想，嫂子毒語的確有些精確。

面膜的適用範圍，實在有年紀的講究。年屆三十之後，你才會突然明白它的好。三十之前，稍可倚仗青春麗質，對肌膚不看不理——少女用面膜，泰半只是白搭，更多是體驗嘗鮮的心情。

然而跨過而立之線，身體好像嬌弱了起來，對風吹草動，肉身敏感如花，對任何有害因素大方地攤開。皮膚開始變得矜貴麻煩，容易缺水，晒了要擋，渴了要澆，該修護時不能浪宕著不照看。不然很快地，站在鏡前的你，就會明白現世報。

在高中大學時期，面膜在女性間是受歡迎的小禮物。面膜有盒裝，也分片零售。藥妝店的透明展列架上，五顏六色的包裝比鄰排開，這裡給你美白、那裡給你修護保溼、旁邊給你緊緻，像是急診的救護箱。還有各式各樣的口味，從蜂蜜到燕窩、從玫瑰到金盞花、從竹炭到火山泥，從能吃到不能吃，面膜有容海涵，它通通包。走過琳瑯滿目的開架，片片面膜來歷看起來都不一般，稍有選擇性障礙者如我，眼睛常不知道該往哪裡擺。

當聖誕節、生日、社團聚會來臨，幾片拼湊，用個小包裝袋一放、綁帶一束，就是美美小禮——既拿得出手，又不會太傷荷包，人和氣，心不痛。或者失心瘋團購了一批，姊妹圈們也常彼此闊氣海撒，見者有份，三、五片地分送，順道消解一下自己購物的罪惡感。

面膜因為這樣來源多元，時而人際收送，時而自買，一不小心，看似小物的它們，在櫃中就囤貨許多，當你打開櫃子，都不禁要詫異它們來自何方。面膜不僅反映了送禮的經濟學，也點出了往往看似無害不傷的小物，反倒最能成魔。

然而年少使用時候，每覺得是一紙溼黏薄膜爾爾，撕掉時，臉上一涼，心內有點悵然，像被吹門風一驚的書生，回看空空，不知道剛才經過了什麼。甚至恐怖地，明白面膜還能對人產生縛身作用——在十五、二十分鐘內，不許隨意亂動，更忌諱走跳，人被釘在一處，選擇是閒坐或癱躺。那時我只能盯著手錶的指針行進，一分一秒，想著青春耽誤。

時間走過，消化一切，也能轉化一切。雖然地上並沒有一條分界線，但這種看不見的改變到來的時候，比真正徒步跨過了什麼，還令人心驚。所有的改變在不知不覺之中，讓你連環轉、抗辯、提出丁點疑問的機會都沒有。

某天起，你突然明白媽媽為何會將敷面膜，當作勞碌一天之後的享受。它不再是帶有欺騙嫌疑之物，而且更奇妙地，它過往令人嫌棄的「缺點」，都切實轉化成它的「強項」。

一是它的質感。通常形式是液體加上膜、凍狀，或者泥狀的面膜們，以往覺得黏膩不適，現在一撕下、洗掉，出現於鏡中的臉，竟微微發光，乾荒緊繃的感覺一掃而逝，肌膚輕鬆飽滿，宛若珍珠滿月。

二是縛身的時間苦牢，變成一種恩惠。我們忙碌了整天，回到家，妥善梳洗過後，好好地把面膜安在臉上。它的涼冷成為一種安撫、一種鎮定，我們敷裹自己，作繭自縛，然後享受蛹的包裹——這一刻，任誰都別來打擾我。可以坐著追劇，斜躺滑手機，更可以任何事情都不做，就只是「躺躺」一廢人，讓躺躺成為唯一目的。

上回到臺東，夜晚在民宿房間中，三兩女子不約而同，皆自行李箱掏出面膜，知道這是帶了就有「旅行感」的必備之物，會心笑開。沐浴後，立刻往床上一躺，雙腿靠牆一豎，隔空開始閒聊。只見我們睡衣鬆垮，身軀折成L型，又頂著一張慘煞白面，嘴張小口嗚嗚地笑，旁人經過，怕是撞見什麼妖界盛會。

這一紙薄薄面膜，有女子人情的暖，有暫隔世界的鬆。跨過時間之後的我們，日子或許乾荒，但也同時明白，如何好好潤澤自己，偶爾祕密地逃亡。

腳與脖頸

看完一個段落，闔上書本。在桌前放空發獃，眼望向窗外天空，讓思緒如同白鳥張翼，在文句形成的密林間靜靜繞轉。手無意識拿起桌角精華油，轉開玻璃瓶身，按壓滴管，晶瑩的露珠，沿腳背傾斜的角度滑落。雙手迅速覆上，將油滴均勻推開，力道拿捏輕巧，由下而上畫圈。精華油透過溫熱的掌心，滲透進乾荒肌膚，像夏季一陣午後的小雨，降於溫暖大地，潤物無聲。

按摩在有心無心之間，腦袋思考，身體也閒不下，隨意尋事，半自動運作。一回神過來，從腳背到腳踝，已泛起淡淡光澤。房間內飄散山茶花、橙花與不知名的花香氣息，猶如一座迷你的花園。

為身體抹上乳液，這習慣很晚才養成。

起因是大學室友洗完澡後，總仔細為自己的腳擦乳液。習慣都是看著、看著，某天就學起來了。眼睛是最放任而不知節制的器官，被催眠一般，看多了什麼，就變成什麼。四年來我瞧她走出浴室，頭上或許還包捲毛巾，渾身暖烘熱氣，拎著潤膚露的瓶口，坐上客廳的橘紅沙發。她邊跟我們談天，邊按壓出乳白的潤膚露，從膝蓋開始，細嫩手指順小腿一路往下，逐步推壓，然後換另一隻腳。

「這樣，才漂亮啊。」她對滿臉疑惑表情的我，這麼說。那笑容看起來十足成熟，有我不曾擁有的媚態。雖然同為女性，但要正眼看別人的身體，還是難免害臊。我禮貌性地快速瞄一眼，短褲之下的那腿，還真的，非常美。

室友還習慣每日與朋友或母親，煲長長的電話。電話桌前打開褐色摺疊椅，屈膝彎坐，腳踩在椅面上，用指尖纏繞電話線，捲著、玩著，一派隨興可愛的女孩模樣，像港片一幕於眼前上演。她身後背景，是關上燈的漆黑廚房，那墨濃暗色，襯得她的腿，又更白皙了，如同被月色包裹的美人，閃耀珍珠白的微光。

從此我就覺得，女人的腿需要滋潤，它像臉一樣，也是重要部位。而一旦覺得需要之後，對於腳，就不可能再等閒對待。

當我也日日儀式般，開始於沐浴後仍散發熱氣的肌膚上塗抹乳液，膝蓋、小腿、腳踝、腳背，一寸寸依序而下，格外感受到一種跟自己肉身對話的親暱。我於是理解，腿的魅力，在於它的私密性。慣常隱於褲、裙之下，不太外露的，就更私人、屬己。那保養不像臉蛋一般公開明白，它不需要讓人知道、不具展示性，那潤澤是女人給自己的，是女人在照顧自己，像留給自己的禮物。

而事物愈是隱藏，愈有一種深邃、曖曖昏明的誘惑力，在小說裡，從未少見。貴族的網紗帽、中國捲簾、日本屏風。層層隔障帷幕，為女子的美麗添加想像，戀情也因窺視的慾望，而益發折磨糾結。物質的阻絕，是心理阻絕的實體化，也成為推進劇情的分界線。不論是送入內院打溼的信箋、珠簾外會錯意的表情、屏障內外的欲拒還迎、隨風搖曳將熄的燭火，都讓我揪心焦急，恨不得現身為匿名力士，為他們拔山倒樹而來，推倒屏風，讓我的好情人們現在、此刻、當下終成眷屬。

喜愛的事物，沒那麼容易；容易的事物，不值得我們費心喜愛——人似乎天生有這種折磨自己、也虐待他人的惡傾向。跋涉過千里山河，才顯得相會彌足珍貴。因為共享暗夜祕密，才界定對方，是此生親近相許之人。

於是這幽微隔絕之美，在《睡美人》中，點燃熱烈的慾望：「已經忘我的江口老人，也已忘記姑娘是犧牲品，而用腳背去玩弄姑娘的腳；姑娘的腳趾很細長，且不時的彎曲伸直，跟手指的動作一樣，這對江口來講是一種很強烈的挑逗。」川端康成的情色趣味，不是歐美外顯的、豐腴的、注重量感的肉體標準，而是細膩又隱晦的日本美學，直探人纖敏的神經，讓看著白紙黑字的我，臉紅心跳。這不為外人言的耽美，是在團體主義、禮節分際嚴明的壓抑民族性下，才轉化出的浪狂——遲暮之年的老人，在密室的燈下，讚歎、撫弄沉睡少女的裸足。

「現」的光彩，取決於「藏」的深隱。谷崎潤一郎小說《鍵》中，有異曲同工之妙，年邁的戀足丈夫，也如此注視妻子：「我目送前方步行而去的妻的背影——特別是從裙子以下到腳踝一帶的彎曲美，看得出神。」並希望妻子同意其親吻腳背，作為性愛的恩寵。一般人覆蓋、遮蔽，甚至覺得汙穢不潔、羞於示人的腳，在房間內，竟成視覺的樂園。

露骨粗俗，直截無趣，陽光厭棄。情慾是月夜涓滴細流，在顯與未顯之處，若有似無之間，悠媚流淌，讓人心癢難耐。

這種迷狂韻味，除了腳足，亦投射在女子的脖頸之上。

「江口老人用被口紅染紅的手指去玩弄少女的耳垂，把剩下的紅色擦在她的頸子上，因此，白色的頸子上留有一條可愛的紅線。」白皙頸上的遺痕，是色彩反差，血色紅線，也是老人與少女活力的隱喻對比。生命如此短暫，如燦爛綻放後，旋即萎謝一地花瓣的櫻樹，哀樂一瞬，盛頹一線。

幾次到日本，我也貪看神社裡穿梭如花的和服女性。一次大雪紛飛的隆冬，身穿繁複和服的她們，將身體嚴嚴密裹，卻仍規矩盤上髮髻，獨留一截迷人的脖頸，露於V型的領口之外。「難道不感覺寒冷嗎？」圍上最厚實圍巾的我，都為她們打哆嗦了，那一段膚白，卻不禁引人多瞧兩眼。

或幸運在町街石板小路，偶遇疾行的藝妓，她們和服的領子更加低垂後傾，露出大面積的、漂亮的後頸。藝妓脖頸也如同臉部，塗上白面的底妝，並特意勾勒出W狀三足造型，保留部分自然的膚色。既有隱藏效果、面具般的白妝，也有原本肌膚的逗引；有妝的豔姿，也保留無邪天真的少女貌。

那微微裸色的脖子，女子低頭的溫婉姿態，使人想起許悔之詩句：「冬季裡你頸上的圍巾／是天鵝之頸／你的體溫／啊宛若溫暖的鵝絨／就讓雨雪霏霏變成暖冬」。天鵝頸項的纖細與曲線、冬季的清冷與孤絕、顛倒季節的熾烈情慾，三者交織成短暫片刻中，讓人願意停留的、恆守的畫面。

身為不同性別，我必須坦承，可能永遠無從參透男性觀看女子腳與脖頸時，心中究竟湧上什麼情緒，無法進入江口老人那融合孤寂與愛戀的激情。而當代多元的性別認同，或許又將展開更為繁複的美感層理。但作為一名喜愛異性的生理女，我也可以，深深為女子的腳與脖頸所著迷。它們是隔了一層之後，得以含蓄玩賞的婉轉之美，裡頭包藏無限小劇場。

隨著年紀增添，當我邁入「輕熟女」的一員，從各種平臺彈出的美妝廣告中，我才知道了另一則詭異的新訊息——腳踝、足部與脖子，也是最容易透漏女性年齡的地方。

這些部位顯老，是時間的洩密者。當走在東區、信義或臺北車站街頭，即使不刻意招惹，也無時無刻被提醒年歲的凶殘。「頸紋瞞不住妳的年紀！」有些海報文案像厲厲作響的鞭子，恫嚇剛離開青春、卻仍怠惰者如我。「撫平歲月的痕跡」，有些文字則顯得魔幻，帶有催眠能力，好似能將時間收放於指掌，推沙似地逆轉。

對於廣告，向來我尚能從容無視，保持適當的懷疑論者精神，快步走過，不礙在心上。然而某日，於沙丁人潮擁擠的師大夜市，見前方四十餘歲婦人穿一襲修身洋裝，搭配高跟厚底拖鞋，身體款擺，走得婀娜多姿，步步生蓮。在後頭的我，目光卻不自覺牢牢盯著她的足部——腳掌扁平，與鞋的底面呈完美平行，足跟周圍綴滿明顯的灰白色乾燥細紋，猶如冰裂。我跟著她雙腳與鞋面啪、啪、啪的開合節奏，失神走完了一條街。「時間真是太殘酷了。」當晚我自言自語，在按摩時刻，取了過量的滋養霜。

撫摸自己的身體，由臉至頸、由腿到踝，猶如瓶的曲線，驟然收束。它們都是人體軀幹的轉折之處。我摸著、摸著，突然覺得它們是如此細、薄而脆弱，那麼不堪一擊，幾乎像是個邀約，蠱惑人覆手其上。彷彿創世紀之蛇從樹叢裡冒出，遊到身邊嘶嘶吐信，像誘導夏娃一般，提供我一則危險的邀約：試試看，將其摧殘折傷？

然後我悚然回神，將手迅速移開，並且想起了他們——法國瑪麗王后，浮華時尚一時，終伏首命葬斷頭臺的快刀；瀟灑爽烈的尤三姐，鴛鴦劍一抽，脖子一抹，成為《紅樓夢》中讓人不捨的痴情魂。希臘第一勇士阿基里斯，渾身刀槍不入，卻潰敗於一支射中腳踝的箭；奧菲斯勇闖冥界也要帶回的新娘尤瑞迪斯，亦是甫新婚漫步草原，被竄出的毒蛇噬足而亡。

腳與脖頸，不僅易損、顯老，居然還是致命之處。

這暗流幽眇之美，擱淺於身體最弱小、無助、容易被傷的地方。這或許是另一層惡虐的暗示？光明與暗夜、生命與死意、美與暴力，這些相對的意念相呼召喚，渾然相依，如同深淵與深淵的響鳴。

夜夜我仍沐浴，為身體塗抹乳液，並且知道脖頸與腳的肌膚，如疲倦海浪，逐漸鬆弛衰頹。我在燈下細細端詳，感受肉身如何從這一天，走入了下一天，察覺其間微小的、無法抵擋的生命變化。

於是日日的重複，與其說是逆轉時光，倒像是為身體裏傷，又像提前為自己，塗抹入葬馨香的油膏。

指甲油

所有事物的末端，總特別虛弱——

後院母親栽的百香果，藤蔓長得豐盛可愛，青綠色迅速蔭遮一片，才經幾天烈晒，就從尾端開始，一葉葉枯黃、卷翹、乾透，隨風輕輕墜至泥地。人身也如樹藤，秋冬臨近，我手腳冰冷的時期又將來到，早晨在廚房，來訪的阿姨提醒搬上臺北、獨居棲身的我，要記得多燉煮湯品，溫補潤身。「紂之不善，不如是之甚也。是以君子惡居下流，天下之惡皆歸焉。」子貢這段為商紂的校正平反，也令國中的我印象深刻。水流到了最底端，最冷最窮，人人可以落井下石，百惡居而善無存。惡居下流四字，記到如今。

人體唯一可以隨意捨棄、須時時裁減的地方，也在頭、手、腳的盡處——頭髮長了就修、指甲長了就剪。可丟、可棄、可理所當然地不加珍視。它們明明由身上長出，卻彷彿是截然的身外之物。不痛，無感，可以盡情捨離。

然而就是這些可拋擲的枝微末節，最讓人上心。譬如指甲油。

某次塗了黑色指甲油，四歲姪子初次看到，剛開始會咿咿呀呀講話的他，突然安靜下來，偎到我的身邊，小貓似地嗚嗚輕哼，眼睛一直盯著我的指尖。

「姑姑妳怎麼了？」

「啊……這個嗎，」我皺起了臉，像小酸梅。「姑姑受傷了，好痛。」

常在屋裡邊尖叫邊橫衝直撞，腿上留下不少烏青經驗的他，立刻心領神會，用小胖手撫摸我的手指。手勁輕巧，有些怯生生地，怕弄疼了我。

小娃兒胖手溫軟的魅力，不能小看，絕對是一試成癮。下一回我新擦了豔紅指甲油，興沖沖地提起手，亮給姪子看——「你看姑姑怎麼了？」他停下玩積木，斜眼一瞄，沒有接話。「流血了嗚嗚。」力道不足，我再加碼。「真的嗎？」單眼皮眼睛裡，閃動懷疑的光。我兩手徒勞如蕉晾在空中，此時只能乖乖收回。

人果然是智人種，小兒一暝大一寸，腦袋也沒有白長。姑姑欣慰之餘，有點惆悵。

姪子的指甲油初次印象在四歲，我的指甲油啟蒙，在小學四年級。在沒有家樂福、全聯的時代，宜蘭賣場由喜互惠稱霸。記得那日媽媽帶我，走過一排排商品層架，突然間，我腳步停在一列架子前，硬是不走。

一顆顆小小的透明玻璃瓶，盛裝不同顏色，展櫃光線一照，晶潤潤地，像繽紛釉色的糖果。這是什麼，我問。擦在指甲上的指甲油。媽媽好笑地看我，順著我意，在購物籃內放入一瓶正紅色的指甲油。

回到家，媽媽坐在梳妝臺前，我坐在床緣，她扭開瓶蓋，為我小小的指甲一一塗擦。有機溶劑氣味很嗆，紅色很野，什麼東西像火一樣，搔著心。有一點侷促不安，但希望濃烈顏色繼續塗抹、覆蓋，不要停下。塗到腳趾的時候——右腳第二趾還是第三趾——父親打開門，撞見媽媽彎腰為我擦紅腳趾的一幕，三人視線驚愕交會，姿勢尷尬。他如風暴中止一切，責備母親，並把整瓶新指甲油俐落丟入了垃圾桶。小小的火苗瞬息被掐滅，早夭的心之躁動。

直接丟棄孩子的新玩具，而且不給任何理由，看似粗暴，但現在回想，此舉出自萬事保護的父親，其實毫不意外。如果可以，我也希望姪兒永遠不要長大，每天用小胖手暖暖地安慰我。

然而人為什麼會由自然界萃取豔彩色澤、塗擦於身呢？尚為小女孩的我，為什麼會站在櫃前，被晶亮的事物迷了魂？為什麼父親一看到正紅指甲油，會立刻將之視為禁物呢？如果顏色只是顏色，指甲只是外於己身之物，指甲油只是色料與溶劑的混合。

「禁忌賦予了它所禁之物自身的價值。……禁忌賦予意義給它所拒之物，而禁忌的行為本身並沒有這層意義。」巴塔耶（Georges Bataille）說。可惜父親跟巴塔耶不熟，不然就會知道他已經油上添火，親自為指甲油的魅惑力，正式賦形。

將散沫花搗碎、將金銀粉撒入、將染劑注入樹膠蜂蠟，巴比倫勇士指甲染黑，克麗奧佩脫拉女王指尖血色，是時尚、階級還是情色墮落的象徵？代代的我們都傾心微小末處，喜愛炫目事物。

經過數年空白，大學時，才開始擦起指甲油。初時仍帶一點羞赧，客氣從透明、碎亮片著手，接續各種紅粉、暖橘、藕紫、可可、榛果，直至最飽和的黑和紅。各種色彩富有暗示意味，塗抹時心會竊喜、會搖擺，下重色時，需要一點勇氣狠意，像一場小小越界、限定的冒險。

我無法深入美甲系統，始終搞不懂鑲鑽與繁複圖樣，只是單色的信眾。在家裡轉開瓶蓋，為自己在燈下，塗擦一層，手指在空中晃一晃，也許讓身體跳跳舞，然後再上另一層。性情微躁，等不到底，每次半乾就這邊碰碰那邊弄弄，收拾什物，剛塗完的亮面，時常被磕碰上不少邊角壓痕。這樣細節的不完美，顯現性格，自己看著發笑，笑笑也就接受了——再怎麼說，指甲油也只是幾日的亮彩，總是得卸下的。

指甲油也不是日日擦，個性除了浮動，也懶。在意美，卻也不是那麼勤勞。在重要活動或約會前，才搭衣著配上。色彩選擇端看服裝和場合，有時霧面裸色，淡麗清朗；有時因服裝過於簡淨，揀個反差的跳色。

前任的美學品味偏向日系侘寂，對視覺感受頗為要求挑剔，這是他的強大優點。交往後，曾說他討厭擦豔色指甲的女子，但初次見面，看到擦著紅指甲油的我，竟覺得美，不顯招搖，一見便心內鍾情。這真是句上好情話。指甲油只是一層表象，它有暗示，卻不宜過度詮釋。它有指向，但更像一則邀請——你能不能穿透表象，從枝微末節，看見整體的我，理解其間轉折的意念。

畢竟油彩會卸，妝痕消融，樂趣之最，是上彩前那一時片刻、挑揀色澤的玩味。

香水

窗外大雨，健身房中只有零落兩三人。教練在旁邊看我的動作，一會兒後，抬起頭來，衝著我笑嘻嘻地問：

「妳剛剛買花嗎？」

「沒有，怎麼了？」困惑貌。

「妳身上，全都是花的味道。」

「喔。」

「妳沒聞到嗎？」

「可能自己不知道吧。」

我臉上不動聲色，語句保持淡定，身體繼續在器材上企鵝般左擺右擺，心裡卻直打大鼓，響起「……！」的內心符號。居然這麼撩撥，居然這麼會。

思緒馬上被帶走，開始想，什麼是花的味道？千萬種類，又是哪些花的香味？而究竟要買多少，身上才能染上花的味道？眼前出現捧著花束、被花朵團團環繞的畫面。

幸好教練是可愛的短髮女子，笑起來像瞇眼小虎，又是蘭陽女中的學妹，稍微被我一逗，就雙頰通紅。如果同樣對話換作壯碩教練發問，今天的運動心跳率，大概可以瞬間達標。

關於香水，從高中開始啟蒙。女子高校是一種極為特殊的生態系，當人置身其中，才能真正明白。它將女孩子們圈在一起，上千人在校園內，日日夜夜，如同成籃的水果彼此相互催化，也相互憐惜。有些益發明豔光彩，有些則引發出或清晰或潛藏的陽剛氣質。

《擊壤歌》裡有段文字，把女子高校女孩情誼的幽微處，寫得精巧：「每當看到漂亮女孩時，我就想當個男孩，我可以像欣賞一朵花兒一樣欣賞她，我的花兒們啊！小靜就是這樣的女孩，每次看到她，就希望自己是個男孩子，娶她回家，給她一個小花園。」

國高中讀《擊壤歌》，有讀李白的酣暢醺然感，文字流暢，心裡痛快。現在再讀，卻不時停頓掩面，羞得難以終頁——青春氣息之旺盛之淋漓之爆棚，果然一時期有一時期的文字，過了那個年紀，寫不出那些句子。

我不是花朵，是男孩氣的那一個，我也遇過我的小靜。

小靜人美美甜甜，說話有焦糖般的嬌嗲軟音，卻絕不惹人嫌。瘦裡帶點恰好的肉感，臉蛋是可愛花栗鼠的嘟嘟頰。我國樂社，她管樂社，都有些老派，喜歡看書和手寫信。假日當我穿T恤牛仔褲，她穿百貨專櫃的雪紡洋裝，小巧的項鍊恰好地輕晃在鎖骨間。而她身上總是這麼甜——衣服、筆記本、她位於二樓的房間，少女要命的小心機——那甜意究竟是什麼，害人想聞更多，又不敢太過明顯。

升高三時，如老掉牙的宿命劇本，她轉赴遙遠的英國留學。「不是說好一起畢業、一起選填志願嗎？」當下簡直天崩雷劈，我感受古老年代悲劇男主角的心情，彷彿出國就是訣別。不管多麼依依不捨，人當然還是拖著行李走了，但我也開始，用起同一款香水。那香氣代替她留了下來，想念時，噴上一點。

從第一款香水開始，認識前調、中調和後調，逐漸探索花香、柑橘、果香、木質、東方、西普和草本，一切都在隱隱曖昧中摸索。不像衣著、飾品，可以倚賴明確的視覺和雜誌建議，香水撲朔迷離，香水是一種看不見的、極其主觀的感知。於是香水世界，成為女孩的第一個森林，妳必須先迷路，在夜市琳瑯小店、美妝專櫃和機場免稅店裡，探探看看，有時失足於泥淖，遇上狐狸與蛇蠍，走過數次絕路，讓幾位好心的獵人引路，才會終於找到適合自己的陽光小徑，在其上走得自在舒心。

香水矛盾，既無形又具象，水霧微眇卻又個性強烈，無色卻如同最外層顯明的衣裳。它們難以用言語明確指認，「莓果」、「肥皂」、「胡椒」、「山茶花」、「雪松」，永遠以混合的他物來形容；但它們又鮮明無比，且容易建立情緒的連結——同一股味道，不僅每個人的好惡有別，也能牢牢與專特的場所記憶結合，成為私密的印記。

據聞人可以辨認的氣味，多達一萬多種，而氣味的世界如此複雜繁麗，如重瓣的牡丹。剛開始容易受迷惑，從最簡單的花果香入門，隨著年日，才懂得木質與皮革的深沉，甚至探索起中性及男香，著迷於清爽的海洋，或輕奢感的煙燻香。

而香水並非以多為貴，比起濃郁，更講究隱晦和幽媚，尤其忌諱下重手。電影浪奢鋪張的香水雨，還是讓它留在電影裡，在現實中，講究的是恰到好處，與節制的藝術——最美的鹿藏在綠意掩映處，最美的香水淡淡勾人回首。

我的小桌上，逐漸堆起透明的瓶瓶罐罐，它們是穿著的環節之一，也是出門前，愉快的最後一道選擇：天晴和雨日有不同的搭配，工作與約會有別，而最特殊的幾罐，那些味道，都與特別之人相連。有時為了紀念，我才擦起，而有些為了紀念，我再也不碰，永遠封存。

在香水店裡的女孩們，手捧著瓶罐，像捧著剔透的珠寶，像白雪捧蘋果。我們蒙著眼在香氣森林裡，沿不同的調性找路，是在追求一款經典夢逸的調香嗎，是期待遇上之於夢露的 CHANEL N°5 嗎？香水產業中，最誘人的陷阱是：因每個人體溫、體味和體質各異，即使同一款香水，也會散發不同的香氣。廣告向我們如此魅惑：妳聞起來最好，因為妳是妳，不用怕撞瓶。

但當某些夜裡，我枕在情人頸脖間的彎弧，如同小船倚港灣，閉眼聞他剛沐浴過後乾淨清爽的身體，在令人感覺安心的、我所熟知的氣味中睡去，或者當他如同小動物般，抱著未擦香水的我嗅嗅聞聞，什麼都新奇可喜時，不禁覺得，最終極的香氣不過如此——令葛奴乙瘋狂的、獨一無二的指認。

《感官之旅》中 Diane Ackerman 寫道：「在許多部落廣布的國家中——婆羅

洲、西非的甘比亞河、緬甸、西伯利亞和印度，『吻』的字意即『嗅聞』，親吻實際上就是持續地嗅聞愛人、親戚或朋友的氣味。」喜愛親吻，可能不是因為唇之觸感，而是喜愛情人臉龐的味道；而我們渴望香氣，或許真正渴望的是髮膚相依、緊緊擁抱的親暱感。

如同調製終極香水、得以操縱人心的葛奴乙，最後回到出生的魚市，淋上香水讓自己被瘋狂的民眾分噬，在那魔幻殘烈時刻，字幕打出：「有一件香水做不到的事，那就是它不能使他如常人一般愛人與被愛。」以香水，奢求一個被愛的可能。

我的小靜，結婚數年，跟她那位臭臉心善的老公，終於迎來第一個孩子。我到訪他們位居高樓的新公寓，抱起肉嘟嘟的小公主，如此溫暖、沉甸甸的重量和實在的體感——這是小靜的女兒，多麼不可思議，整個晚上捨不得放下，連哭泣都珍貴可愛。她在我懷裡，小小力氣地呼吸，身上傳來一股非常淡的奶香味，融合了青草氣味，依稀有些茉莉花香和蜂蜜，薄透而澄淨，彷彿不是來自世間。

那股香氣，贏過至今，我聞過的所有香水。

彩衣

有個氣質高雅的姊姊，見面時，細瘦手腕上，戴一只漂亮的錶。我本來就喜歡女性手腕突然凹下去的弧線，能顯人的纖柔細美，而那只錶小巧，精緻錶面，配上褐色皮質錶帶，沒多添無謂的晶亮點綴，極富有韻味。一圈繞在白皙的手上，彷彿脫離實際計時的功能，成為純然的飾品。人與錶相互輝映，姊姊看上去，更加優雅從容起來，流露強烈的成熟女子魅力。

我跟她見面常在冬季，幾次餐桌上抬手碰杯時、言談間她凝思環臂雙手交叉時，那一截手腕和錶，才會從長袖針織衫裡短暫露出來，像忽然閃現的風景，害我說話有時恍神。這種傾慕之情自己私下品賞就算了，若真說出來，恐怕有點怪人窺視之嫌，難保日後不會被切八段。但很少被「物」燒到的我，終於在一段時間之後，忍不住私訊稱讚並詢問。

姊姊不愧是姊姊，沒被這異樣熱情的窺視癖嚇到，大方地給了一個品牌名稱，然後說，這錶很久了，自己也捨不得天天戴。

那牌子是高價瑞士製錶，無怪捨不得。但猶豫兩下，想說都冒昧了，乾脆冒昧到底。「我一直在學——好東西要捨得用。何況好物與人相得益彰，看了連旁人也覺得開心喔。」以直腸子個性如此放肆回。

她一連給了我八個笑臉。

這結局不差，萬幸不是切八段。

好東西我自小就用不了，這要從約瑟的彩衣開始說起。

看《聖經》繪圖故事書時，有件衣服在沙漠區域清一色長袍罩衫、幾乎毫無時尚可言的極簡風格中，特別突出，那是在〈創世紀〉裡，雅各給他偏愛的兒子製作的彩衣。

「他給約瑟做了一件彩衣。」原文這麼簡單，但在圖畫書中，白嫩俊秀少年身披彩袍，被灰土土（且蓄滿黑麻麻鬍鬚）的哥哥們包圍，講起星星、月亮、太陽在夢中向他下拜的場景，簡直rock star光芒萬丈。

國中時，媽媽在百貨買了件湖水綠的長裙給我，料子綿軟，底襯舒適，其上一層層色彩細工交錯，繽紛又諧和，我偏頭一想，簡直如約瑟的彩衣。那時週末聚會，我照例穿裙，卻每週日早晨拿出，看了一下，又放回，取了其他裙子套上。多麼亮麗，多捨不得。我定要找個特別的日子，快樂地穿出去，才不會辜負它。

就這麼放了幾個禮拜，期間頂多拿出來，在穿衣鏡前自己轉個圈，再珍惜地掛回衣櫃。孰料下個週日上午，我踏入人聲喧譁的會場時，第一眼，就看到一位年長大媽，穿著我的彩裙，左搖右擺，且足足大了兩三輪尺寸，裙襬的線條看起來完全變了樣。剎那我眼睛只能跟著她走，冒起酸苦的、森森的青焰。

怎麼能撞衫，又怎麼不是跟國中同齡的青春少女，而是有三個孩子的阿姨——

彼時我幼稚的心之吶喊。回到家，那裙褪去所有光彩，無奈地瑟縮衣櫥角落裡，像預知迎接冷宮的未來。所有人都看過了，我更不能穿它了，這麼顯眼的裙，有兩件還得了。

這般「彩衣」還有很多，因捨不得就拖磨著，放到壞掉、霉黑、灰澹，從簇新放到陳舊。或者臨近保存期限、瀕臨毀壞前刻，我才拆開，使用已半壞變質的它們。最好的東西，在我手裡，迎接最壞的命運。

也發生更怪誕的事情——從紐約二手店挖寶的皮靴、空姐好友送的厚喀什米爾花樣圍巾、溫暖的羽絨大衣，這些放著放著，無端就從櫃中消失了。突然想起時，我翻遍衣櫃、抽屜、所有的塑膠收納箱，小心以防塵紙和絨布袋包裝起來的、量體這麼大的、我最心疼的物件們，為什麼煙一樣消散？

我像日本神話裡的老翁，一次次頹坐在地，看好運仙子如同白鶴，翩然離我遠去。

我與好物沒有緣分，它們的消失不是離奇。別看它們裝恬恬，各個眼光犀利，知道我用不起。它們洞悉了我的怯懦自卑心理，撐不起場面，沒有駕馭它們的氣場，於是它們亦果斷轉身背離我，不感覺任何抱歉。

日子又過了幾年。某日我讀到 Isak Dinesen《遠離非洲》中，寫道：

他（柏克利）悲傷地跟我說：「塔妮亞，我已經病到這步田地：只能開最好的車，抽最上等的雪茄，喝最高級的酒。」

我突然觸電。

那時我已經進入發現白髮蹤跡、出現幾項意外隱疾的三十，已到人生終點線的柏克利，透過書頁猛然投來警語。在照顧病痛家人時，也見證本來康健、現羸瘠瘦弱的身子，只能睡最暖的床，飲牛雞魚的精華，穿最輕柔的衣衫，在有陽光的日子裡卻還瑟瑟發抖。那些餘裕和物質的富足，充滿不得已。

以往捨不得，現今不得已。永遠錯過物品的最佳狀態，是否也錯過最佳的自己。

然後突然，疫情來臨，全球死亡人數上升，伴隨未明的惶恐，遵循鬆鬆緊緊的管制原則。那日防疫居家，開啟沙發模式，在A與B兩部間選片。

「看B，B現在是我待看清單第一名。」我說。

「還要在家很多天，可以先看A啊？」哥哥說。

「不行。今天就看B。」

「這是你的便當原則？」

「這是我的疫情時期原則。」

疫情加速了我的學習力——酒買了不再囤起，家人坐滿餐桌旋即開瓶；進餐廳不再打量價錢，選最想吃的餐點，以慶祝一日的心情；好物把握最好的時機，衣飾剪去吊牌穿戴、咖啡開封沖泡、新書買了快快翻看，聽聞花訊，驅車到滿開的花徑，欣賞它們新鮮的氣息。

「好花不常開」這話錯了，年年歲歲花相似，不常在的，是花下的我們。

末日感與死亡的陰影，讓慣於在物質層面忍耐、隱藏欲望的我，更往及時行樂端靠近。練習不再捨不得用好東西，不害怕事物磨損。因為在時間之內，肉身正是不斷被消磨的主體。

我也稍稍捨不得，只過次好的人生。

「

好事和壞事發生的、平凡的一天，有開始、也要道再見的一天。

覺得日日一樣的自己，一定也在某些時候，改變著。

那就，暫時先這樣。

明日相遇的我們，好好善待彼此。

」

吃海鮮

打開車門，風就像一條精力旺盛的狼狗撲開門板，海邊特有潮溼帶鹽的空氣，猛然灌入車內。

到漁港前，總是滿心期待，從快速道路轉鄉道，左右拐彎，路愈來愈小，然後窗邊出現海景，釣客站在海蝕平臺上的背影，米點一般。礁岩上黑褐色的漸層，從岩面往海漸次深濃下去，光看著，就覺得鹹。黑灰色系的漁港令人著迷，海浪的聲音令人著迷，它收斂，並將一切向內聚攏，小村魅力像只寶盒，半封閉又自成體系地，將所有的甜藏在裡頭。一想到那甜，身體幾乎竄過浪般的快樂小電流——是的，我是名海鮮控。

幾乎處處臨海的島嶼，除了茹素選擇以外，少人沒有海鮮癮。宜蘭的家內，不是年年才能有餘，是餐餐有魚。桌上常客是鮭魚洋蔥味噌湯、香煎馬頭魚、白鯧、紅目鰱、邊緣焦酥的白帶魚和魚蛋，那種香和酥脆，一起鍋趁熱入口，簡直是種恩賜。新鮮的魚只要簡單調味，抹點鹽，切上薑絲、蔥段和蒜末配著，就已經味覺滿分。偶爾假日，走一趟大溪漁港，回家開爐，丟入薑片青蔥，淋一點酒，清蒸螃蟹、胭脂蝦、川燙白蝦，整盤鮮甜無比。蟹膏澄黃、蝦色粉紅、肉身淨白，呈現高級奢華的食之色澤，一邊享受視覺，一邊吃得手忙歡快，不知人間歲月。

然而有爸媽在，人可以懶。在家海鮮是款好好的，出門上館子，老爸會踱步到冰櫃前，背著手，閱兵將軍般嚴肅檢視漁獲，我們小輩稍想探頭，挨在邊角試圖指點，他也當我們是耳際蚊蚋，拂之趕去。「海鮮畢竟是大人的事啊。」回到圓桌邊，擺好碗筷，往玻璃杯內倒入蘋果西打，在細密氣泡嗶嗶啵啵上升的幸福感中，又一次軟爛滿足地等待開飯。

於是當有了車，開始自駕出遊，踏入海港魚市，夾在攤位和人潮之中，就湧現一股又興奮又無力的感覺，彷彿東風夜放花千樹，到處目不暇給，漁獲們各個明燦燦地，眼看著什麼都好，卻什麼都拿不下手，不知道怎麼定奪。

這空間通常是這樣，一樓是魚貨攤位，二樓快炒店家，你可以直接放棄，逕往二樓走去，在菜單上挑幾樣有大拇指讚圖樣的招牌菜，吃完一桌，也算是來訪的交代。但既然到了前線，總該親選幾樣合意新鮮貨，上樓代客料理，才能了卻所有遺憾。「這我揀的，我識貨。」事關控制欲與成就感，偶有展露慧眼的機會，不好輕易讓步。

挑選海鮮，是件高難度且充滿大人感的事情，在在考驗一個人的判斷力與決策力。攤位的燈光如炬，碎冰檯面上，紅色、綠色、藍色的塑膠籃交疊，這籃三百五，那籃兩百，那魚眼看起來十分清澈、魚體漂亮飽滿且具有光澤……嗯老闆您說牠是什麼？是海魚還是養殖？還在凝思階段，腰際出現一隻神祕的手，霍然將你的意中魚取走。你猶豫於鮮蚵和小卷、石斑與鮭魚生魚片之間，考量該乾煎、三杯、鹽酥、蒜泥、紅燒、清蒸還是煮湯，菜譜該如何配置，才能達到味覺與口感的平衡，太多排列組合，將創造不同火花，尚於攤前蹙眉思考，幾隻奮力跳起的蝦子，突然嚇得你回神。

而挑選海鮮，更具大人感且殘酷的部分是，它直接測出你的財力與魄力，一個人口袋的底氣。買海鮮的那個秤，不只掂掂漁獲的斤兩，也在掂掂你的金兩，看你能否不動聲色。駐足於大閘蟹和沙母前良久，反覆看看牠們再看看牌子，在老闆探問眼神的壓力下，弱弱以心算計量，才明白金錢本來就是壓迫與羞辱人的東西，也再次讓你回憶起菜單上「時價」兩字所能蘊含的無限驚悚感，及幾次歷史慘劇。

許久前，看過某人專訪，他對富有的定義是：「進到餐廳隨心點想吃的，不用看價錢。」他真的懂。

當終於提兩三沉甸甸還沾著水的塑膠袋，上樓交予店家，叮囑料理方式，然後在靠窗的桌邊，與同伴歇腿伸展、放空遙望遠方海面時，那一刻，雖然荷包重挫，但滿足感彷彿海面金鱗細緻輕巧地閃閃眩惑，溫暖地將人包裹，這如釋重負的成就感，有若成年儀式的禮成。也不禁在上菜前的片刻空檔，恍惚想：父母是什麼時候，從一個坐等開吃的孩子，成為熟練擇點海鮮的人呢？

世界恰如眼前廣闊無垠的海域，因陌生，顯得詭譎驚駭。而這天，以航海家的冒險精神，於大人系海路上稍稍往前推進，將未知海圖，又成功掌握了一點點。

今天走比較遠的路，為自己尋一家新餐廳。
週末那麼短，週一刺客般到來。
若吃飯都不能舒心，我們為什麼活？
好好完食一餐，瞬間天地寬闊，萬事好說。

名片

離開公司前的最後一天，拿一疊名片，站在碎紙機前碎。模仿銀行行員，將它們如紙鈔在手中輕扭一轉，展開成一個漂亮的扇形，刀削麵般一片片切進機器裡，直向的、橫向的、兩張、三張、四張……啊終於卡紙。心無雜緒，試驗不同組合排列，觀察它們消失的狀態和效率，是離職前的最後樂趣。這畫面若是被數年前的我看到，定覺不可思議，幾近褻瀆。

接到第一份正式工作後，某天踏入辦公室，初見最低印量的兩個塑膠盒子用黃橡皮筋綁著，端正地放在辦公桌上，一眼全身就彷彿電流通過。我拿起來端詳，薄薄一張，雙面霧膜，正中間印上中英文姓名，上下是公司名稱 Logo、電話、地址、電郵，安穩如天地，把我的名字包夾其中，這麼輕巧，又這麼實在。我差點沒衝上頂樓對臺北街頭不管哪個行路經過的誰誰誰大叫：「喂！我有一張名片了喔！」

那是心內澎湃的小劇場，人生總不至於那麼狂，實際上我仍守著禮節，坐在桌前，貌似鎮定地將名片收納抽屜中。只如此輕薄的一張紙，卻讓人感覺自此正式被社會接納，有一個棲身的空間，螺絲釘終於被編組歸類的安心。但那張名片上，其實連個職稱都沒有。

漸漸換了幾份工作，年資增加，會議與出差經驗也多了，才逐漸摸索這一紙片的妙處與運用之道。初見尷尬時如何破冰介紹，遞出與接受時如何適切表達禮貌又不顯刻意用力，並為自己買個不張揚卻顯質感的手工名片夾——皮質，赭褐暖色，手工縫線，印壓淡淡的英文名凹痕。工作如戰場，每日安放幾張名片，像隨身的彈藥。

但一日晚間在藝廊的私人聚會，卻徹底打破我的認知世界，把我對名片的理解，一次拔高到最高境界。

當時從事展務，想著策展同道，在寒暄過後，順著話題遞出名片，它卻在空中停留了尷尬無比的五秒鐘。梳著漂亮髮型的女主人，輕鬆地斜靠椅背，流麗貼身的小洋裝把她包成一尾漂亮又眼神略帶淡漠的人魚。她不看擺在眼下的名片，泰然自若地接續對我及友人的談話，像一條春日輕快的溪流，前無罣礙，語言一路順暢滑行。兩秒鐘，我想她只是要拿捏時間，妥善結束語境。三秒，手還懸空，心裡咯噔一聲，從未遇過此事，腦袋膠著，臉上笑容僵住，不知如何應對。走到第五秒時，我臉色灰敗，正待收回，女主人以一貫黑貓優雅姿態，黑豹之迅速，指尖如雀鳥凌空叼走了名片，並且一個轉頭，隨手交給身旁的助理。這一系列動作乾淨俐落，沒有任何多餘和猶豫，是運動家等級的出手。

事後回想，每每覺得扼腕，錯失第四秒的黃金時刻，應該斷然收回，保留尊嚴。怎麼思緒空白斷線，任其孤單乾晾於空中，最後還讓她收去，像武士被奪刀毀劍，完成這段完美的羞辱。

慎重以雙手掐著紙片尾端，指尖在正中央輕碰起來，像倒立的小愛心。紙片下方的掌心雙雙朝內第一指節輕扣，倒也像個愛心。但若移開名片，純然乞討貌。

文字一定有神奇力量，才讓人覺得紙張印上了名字，突然間，它就成了一個人的臉面，我們得與它榮辱與共。劍在人在，劍毀人亡。

那夜被俐落打臉後，名片還原成物質本樣——紙漿與油墨的組成，偶爾虛榮的珠光亮面。我透過田野觀察會議大頭們的行為模式，才發現白白被誤導數年：名片的最高原則，原來是能不用、則不用。如果能讓你記得我的臉，誰還需要小小的紙片？

我憶起某領域的前輩，個人行事風格強烈，在學術廳堂中備受讚譽，也能進到田裡充滿泥土氣息。有次午間時刻，於熱鬧街頭上見到恍若是他的背影，我心頭一跳，正準備上前招呼，但眼神一掃而下——「啊不對，這人有穿鞋，錯認了。」前輩素來身穿吊嘎襯衫，戴日式眼鏡，趿著夾腳拖鞋，七分自在三分野性，在街上晃蕩著走，彷彿無處不是家。衣著選配，是他精神的外顯，也成為他個人的標誌。

於是慢慢地，理解名片不那麼必要，從容地卸了彈藥。脫離交遞時躁進的心情，無拘於頭銜與社會角色下的限制，並且慶幸，少一張名片，就少一次在世上被電郵通緝的可能性。該認識的，就注定相識；萍水相逢者，更該好好為地球的樹木考慮。

下回新工作，桌上若再出現兩盒名片，我應該將偏頭細看，瞧那名字，像一個既熟悉、又陌生的人臉。

在陽臺，看大片的鐵皮屋頂、高樓、來往的車流，大家急急奔赴哪裡？

我被配入了一個隔間，一張卡，一個系統下的小單位。

我是「之一」。

你的名字

「Waiting? Hahaha... are you always waiting for something?」碩士班剛開學，一群人窩著聊天，新認識的泰國同學坐在牆角，不顧我面色逐漸鐵青，逕自笑得歪腰，像根細竹招來擺去，身兼騷莎舞者的他，身體柔軟度跟他的話一樣：刺客級的狠。

我的名字音譯英文後，外國朋友不曾遇過任何發音困難，卻是首次，讓我發現名字的負面意義——消極、遲怠、被動、等待被外力介入救援的公主老設定。雖然對自己名字，並沒有特殊自戀情懷，只覺得是純粹聲響的組合，用以指涉的符號，但瞧他笑成那樣，也油然升起一股干卿底事的小火苗。

名字是父母送的第一個禮物，而我得到的這禮物，很菜市場。至今已認識四個男 Wei-Ting，六、七個女 Wei-Ting，國中時同學暗戀的籃球隊學長，也是其一。彼時午休常被力大的她拖去體育館，她沿場外繞行，拉著我手，一再再大叫我的名字，逗引學長，時時運球分神，轉過來看我們這倆怪人。鴕鳥頭鑽沙地，其實是有道理的，繞場時，我的頭不曾抬起來，而當時，正好中二，有病。

然而說這是父母給的禮物，也不全對，有一半，是他們給自己的禮物。聽說當時兩人各分兩頭，將喜愛的字，寫在紙條上，雙方再一對，揀出同樣的字——「緯」和「婷」。緯度，與赤道平行的東西線，在交通尚不甚方便的時代，宜蘭的他和鹿港的她於臺北相會，「緯」紀念兩人東西相隔、最終相遇的愛。「婷」，女子小巧柔美貌，對女兒的期待……嗳，年過三十後，不僅我長大，這期待也愈來愈重，我努力不發胖。

擁有中文名字的幸福是，字就是形貌、就是畫，一出生就收了幾幅好畫，你可以按圖索驥，在上頭蔓生些意義的花草，繪出自己想像的圖樣，再領人進園內走逛。名字巧妙的地方在於，它是辨認系統，兩三個字就可以牢牢對應你這個人，一對一地執著。我常常看名字，像辨認陌生物件——要自我介紹都覺得無限困難，憑什麼這幾個字就可以代表我？然而它最狡詐的地方也在此，你可以無視它的意義、看淡它的形音，覺得獨立於它之外，但當他人稍稍置喙聊笑時，你便氣噗噗是可忍孰不可忍了。

名字最終還是，成功豢養了我們。

於是等待如何，被動又何妨。我愈來愈喜愛被晾在程序之間、哪裡都暫時去不了的等待時光，我在某個椅上，讓神思遊走，讀完一個段落，看窗外樹葉隨著風動，陰影如墨，又深濃了一層。

與其四處躁動奔波，現在我更樂意退一步，讓事物在時間裡自然發酵，等等看、等等看，等甜意自動產生，美好事物水到渠成。如果名字真是禮物，是發光的畫作和預言，我亦將等待，饒富興致地觀察，它的故事和祝福，在時日裡如何漸漸被完成。

在橙金色的夕陽光線中，做了一個決定。

然後發現，對別人的善意，就是對自己的善意。

是夏天的孩子，就要照顧好自己，然後自然靠近，種種令人身心溫暖的東西。

對發票

「一千萬、一千萬。」我克制不了地在心內默念。

儘管涉及錢，這卻稱不上什麼貪念。當面對統一發票，人會變得簡單，所有個性與背景的歧異性都瞬間消失，任你來自五湖四海，只能懷抱這個相同的、自然而然的願望。這意念的生成如此不經思索、避開了先備的考量算計，使它遠離了金錢的現實性與銅臭味，成為一個中性而近乎純真的想法。

然後，如果試著再將這個句子接下去，八九不離十，它會變成：「中了一千萬，就立刻辭職。」

該有多好，如果能有這麼一刻，電影般的一天。這是一個令人快樂的假設，卻也是一個不合邏輯的謬設——誰出了社會以後，還會相信一千萬，在年年物價上漲的臺灣，足夠讓人衣食無憂地終老一生？但願望的本質，就在於超乎現實。正是那一丁點多出來的「你做夢」，讓人飄飄然，醺醺然，忘記現世，逾越日常設定，偷得超凡的快意。

於是每個單月二十五日過後不久，就發現自己坐在桌前，捏起一疊或皺或新的發票，像港片旅店尚纏著桃紅髮捲的中年老闆娘，百無聊賴又懷抱期待地，一張一張丟。沒有、沒有、沒有，還是沒有。我深陷在一輪希望渺茫的牌局，眼中仍放出郝思嘉的光：下一張，又是全新的一張。對獎的過程，猶如意志力與品格的考驗，觀察人如何於一而再、再而三的打擊中，維持信念。有時我會相信，單單堅持坐在位置上，就是一種態度的展示——雖不中，亦不遠矣。

對發票的習慣，從倒數第二個數字開始。掃過一輪當期開獎號碼，撈出倒數第二個紅字，將數字由小到大排列，形成一組編碼：〇、一、三、七、八，然後翻點發票，像數鈔摺扇，將那組數字在心中複誦，沒中的堆到旁邊，逐漸積成小山；若突然跳出三，便往後瞧最末一個數字，合了，心跳漏一拍，再往前一個數字。三碼全中，好啦，基本的兩百元入帳。抓倒數第二個數字，有中庸的餘裕，少了些一次三碼全對的躁進、貪欲與記憶數字的壓力，多了點鬆弛進退的空間，也在前後核對的過程中，累積真正中獎時，心理鋪陳的戲劇性。

這期我又坐在桌前，一邊對，一邊無意識地想：「中了一千萬，就立刻辭職。」白紙黑字的發票，無意間，成為人生關鍵的入場券，足以左右未來。隨著失望的小山逐步成形，手中殘存的幾乎薄如葉片時，我突然驚醒：等等，為什麼中了一千萬，就辭職？願望的成立，必定來自對於現狀的不滿足——原來，我想辭職了啊。

放下發票，望向窗外午後的大雨，發了一會兒獃。年過三十對現實的妥協，或許就是把做決定的勇氣，賭在機會渺茫的運氣上，偶爾偷偷地，做個夢。但印象裡從沒兌過一千塊的我，若依靠運氣，估計只能繼續打出一張張沒有、沒有、還是沒有的壞牌。既然年過三十，還在等待什麼？

我回神，一鼓作氣把剩餘的發票對完，打開手機下載發票載具app，輸入中獎自動匯款的設定。從此錢歸錢，人生歸人生，三十已過，要做夢，更要會執行生活。而郝思嘉想必，也是不對發票的人。

宿舍長廊

小時候深刻感覺「痛苦」的回憶，其中一件，就是寫作文。

那大概是小學五、六年級的年紀，學校明明都要放假了，卻又不願意讓學生過得太自在似地，照例祭出假期作業——列出書單寫閱讀心得，或者是命題作文，「我的暑假生活」、「最快樂的一件事」之類，這種看了令誰都無可奈何的題目。現在回想起來，從平淡的命題，大概也能感受到老師百無聊賴的慵懶心態。說實在，世界上存在放完假後，興高采烈看三、四十篇小學生作文的老師嗎？

某次國小的我，面對桌上綠格空白的稿紙（當時還是前電腦時代），瞪大眼睛，腸枯思竭，呆坐耗費了一個下午，也寫不出什麼字句來。隨著分秒流逝，無形的時間愈來愈具有實體的攻擊性，愈走人愈焦躁，被平庸的自己打敗。到了傍晚，終於淚眼汪汪，以哭腔跑去客廳找媽媽求救。

那並不是小孩技術性地討饒撒嬌，我不曾聰明到那樣，而是不安又羞恥的認輸，連作業都應付不了。但媽媽只眼一瞄題目，立刻絕情地說：「作文自己好好寫。」把我趕回書桌前，無助艱難地回頭拿筆，繼續一個人，和龐大的空白奮戰。

日後猜想，老媽不是見死不救，而是很可能，她也不曉得如何寫作文。然而每回想總覺得奇妙，面對文字曾深刻感覺痛苦不堪的我，為什麼現在會選擇以寫作生活？

這個問題，多年後意外在宿舍長廊上，得到解答。

先說些不相干的。不論是讀師大時，或在倫敦讀研究所，都不曾在學校住宿。然而二度讀研究所，是在工作幾年之後，有點臨時貿然的行動。八月辭職，九月開學，時間太過短促，為免四處看屋的勞頓，第一個學期以最省事的方式，窩身至研究生宿舍。

另一點不相干的，是太久沒當學生了，才剛離開高壓的工作環境，一個不小心，看什麼課程都樣樣迷人樣樣好，選課像進入高級Buffet，什麼都請給我來一點謝謝。於是開學之後，被問起學分多少，回日二十，對方總一臉愕然。當我第五次收到一模一樣的回答：「把研究所當大學念嗎？會死喔。」才後知後覺，心內微微感到不妙。仙女系友人X預告：「選課一時爽，期末火葬場。」一派過來人的雲淡風輕，以旁觀人看戲的促狹神情。但被職場焦烤太久的人，容易存有僥倖之心——之前都火裡來水裡去的，課程再怎麼重，難道會比工作難嗎？

實在，是太難了。

我根本錯估情勢，除了課堂之外，書單跟作業，老師們都沒在客氣手軟的。好像深怕鬆軟了一點，就愧對學生的求知欲與學分費。每週四五本書、兩部影片是基本配置，報告字數以千、萬起跳是日常訓練。一面受虐的我非常歡悅，一面望著桌前整排書列的我，也誠實地嘆氣。

因此宿舍生活就是，雖然有四天無課，除了少量看戲看展，其他都沐浴在書頁燈光和電腦螢光中。曾經積書一堆，為了有空好好讀書而辭職的我，如今被書包圍、被理論夾擊，該是死得其所，夫復何恨。

我逐漸成為一種精準的機器，早晨醒來，為自己在廚房備妥早餐、手沖咖啡，回房讀書，料理中餐，下午泡茶寫字，晚上煮飯，繼續看電影寫報告，直至夜深。人在廚房與房間回返，偶爾在能望向臺北盆地的小陽臺發呆，或者夜晚搭電梯到頂樓，聽風從兩側黝深的山脈吹過我，又往下去，拉開冰透的啤酒，看遙遠的一〇一燈火爍爍閃閃，想想這裡和那裡，有這麼多的人，這麼多的人，都有各自的明天。

書桌左前方，慣常放著一只錶。寫一寫作業，到洗衣室放入衣物；四十分鐘過去了，該晾衣服了，我內心也有一只錶，有鬧鐘響。當我提空空的洗衣籃，回到宿舍長廊，整排白亮的日光燈，靜悄悄的，我一個人走過。在那瞬間，規矩、延展、明亮、寂靜的長廊像個隱喻，突然明白，為什麼喜歡寫作。

書寫是無從預料之事，創作是殘忍之事——有一分的努力，不保證有一分的回報。你能有詞彙、有理論、有文句，卻從來迷惘，今天能不能進入順暢的文字之流，感覺水的細緩或澎湃，感覺一股外於你的力量，帶你再往前、再往深處去，幸運地，讓你再窺探一點，甚至眷顧你，讓你成為流水汪洋的一部分。

其他事物或多或少，都可計算、可具象、可執行、可排程。但寫作不能。有時極端一點想，覺得接稿的人，當下都是詐欺犯——如何允諾還未誕生的文字？面對一片空白，如何相信文字將浮現出來？抽象的捕風捉影者。

創作無以名狀，不可想像，因此就真正成為可被追想之物。如同愛情一樣，不是努力就能承續，想多了也許就無法成立。因此對生活愈精準掌控、理性安排的我，就愈對無法把握的書寫和感情，困惑著迷。是意外，是從無生有，無可奈何，就成為唯一值得在意的。

國小老師看到這裡，對最末天外飛來的感情語，一定已手執紅筆準備劃掉。但無論如何，應也比當時「最快樂的一件事」，還好看許多。

劇場人的百龜朝陽圖

時間：半夜十二點已過，黯夜大雨無星。

地點：縣立體育館，一處燈火通明的長形連通運動室，千百份已裝袋分箱的紀念品靠牆堆放，工作折疊桌上，四處散落手搖杯、咖啡紙杯、水漬、對講機、改版過N遍的流程表，桌腳邊還沒丟棄的便當盒。

人物動作：在淅淅瀝瀝雨聲中，眾人聚精會神，表情肅穆，猶如在部落巫師示意下進行儀式，默然傳遞一張A4白紙。白紙正中央畫上一顆太陽，每人再手繪一隻烏龜，直至紙上再也沒有空處，然後由最魁梧高大的後臺大哥，拿那張（幼兒園插畫等級的）百龜朝陽圖，到走廊和PU跑道間的水溝蓋上，帥氣點火，燒它，白紙瞬間被火苗吞噬、蜷曲舞動、化為灰屑，眾人獻祭般敲桌歡呼，如同明日即將進行一場殊死戰。

這是印象中，最不可思議的職場片刻之一，而一起燒烏龜、祈求明日戶外演出能夠天晴的這群劇場人，我願意真心誠意稱呼他們為「夥伴」。對疏離本性如我、抗拒群體如我、愛好邊緣如我、格格不入且容易尷尬者如我，無疑是小魔幻。同事人人有，然而工作過幾年的人就知道，職場是因為任務所需而組成的平臺，不是交朋友的歡樂地，盡好本分即可，別奢求交心。從「同事」到「夥伴」，不僅需要機運，也要經過幾重山。

首先，這理想的團隊，對我如同一支冒險遊戲的團隊。它的成員擁有豐富的人物特性，像魔戒遠征軍，各有不同派頭、性能、氣場、攻擊力、抗壓力、智力、萌度、奸巧度、可喜及可惡之處，當組成一個團隊，就恰好能夠伸縮自如，一起打怪，應付各種亂象。

當我進到這劇場，年紀不大也不小，正好默默察言觀色——後臺燈光音響的大哥們，聲如洪鐘，渾話一絕，看著像猛虎嚇人，但骨子裡個個吃軟不吃硬，只要敬他三分、順著毛摸，哎，天塌下來都不怕，有人笑著幫你扛。資深企劃靈活圓融，天底下什麼場子沒去過、什麼長官臉色沒看過，當你捧火燙任務膠著半天，不如到他桌前軟聲說兩句，立刻換來一組救命電話、一件神祕檔案、一個關鍵名字，讓你從深淵直達天堂。前臺同仁也是十八般武藝，從主持記者會、引導觀眾、協調團隊、從臺語到法語的即時翻譯、從陣頭到亞維儂、從舞蹈史到便當地圖，樣樣精通。藝術行政就是旁博雜學，說不上來真懂什麼，但你更說不出來，我們什麼不懂。

然後，這團隊也有股傲氣和傻氣。說直白點，就是對劇場的盲目愛。劇場好、劇場棒、身為劇場人我驕傲，舞臺讓所有神祕一刻成為可能，呈現不可逆的、決定性瞬間，在蒼白日常中對人心口上打出重重一擊。沒有被這樣打過的人，也不可能待下來，甘心藏身幕後，隱去名字，將所有的夜間和週末，奉獻給一場又一場的演出，以微笑承接疑難雜症。

那時的我們，也幸運地迎接許多悲劇——天降的重任、難測的上意、複雜的製作、許多史無前例無從參考的初次。如同老話所說：「團隊要建立得強韌，首要有強大的敵人。」好吧，這句話，的確是我隨意謅的，加上押韻、引號偽裝成格言。但我想八九不離十。人生就這麼難，和你一起被謾罵指導又不能回嘴的人、和你在大雨中緊急撤收樂器道具設備的人、和你在烈日下全身黑衣狂滴汗站十二小時的人、和你在對講機中暗號一講就知道該怎麼行動的人、和你工作到凌晨三點吃一碗熱湯麵的人，不可能忘記。

人生真難，四面受敵，但在危崖絕境中，身邊有人你可以信任，於是在共苦裡，擁有闖關的樂趣。

那日，我們承接一場上萬名觀眾的演出，而在氣象預報六〇％降雨的情況下，要決定戶外演出的觀眾席，究竟要不要搭棚。搭了棚，看臺上的觀眾視線就會受阻；不搭棚，就面臨讓總統、院會及各界首長們，有淋雨看演出兩個小時的風險——吃了熊心豹子膽，也沒人敢擔。耗費好幾個月，各組演出的排練走位已幾近完美，幾百人的樂隊、高空特技、煙火與水幕、燈光設計與動畫特效，樣樣不缺，唯一無法掌握的，是陰晴不定的天氣。於是，已過夜半、盯著大雨而滿懷絕望的我們，決定採取最傳統的方式解決——迷信。

當看著火將百龜朝陽圖吞噬得一乾二淨，我忽然明白，這可能也是夥伴關係，能走到的終極狀態。在種種不可測之中，持續迷信於彼此，然後，以這一點不合理的信念，迎來晴朗明日的奇蹟。

在這麼令人遲怠、容易分心的生活中，能一刻牢牢吸引我的事物，我都尊敬。

不管是愛、是害，必是屬於你的傑出之物。

職人

週日晚上在全聯結帳，結帳員掃描後，盯著明細，說蔬菜三包特惠，好像拿到不同類別了。我心想換貨麻煩，雖然超市意外冷清，這一列結帳臺後也無人排隊，但都印出發票，小錢就算了，說聲沒關係。

孰料大學生樣的結帳員妹妹比我有想法，紮馬尾的她，可愛朝我一笑，抓了兩包青菜透明袋子，咚咚咚地自行跑去入口生鮮櫃區，背影看起來，如同小兔子。沒兩分鐘，換了包裝看似極相同的菜蔬，俐落回到櫃臺完成退刷流程，重新裝袋，推到我面前。

「哎呀真不好意思，謝謝、謝謝。」我有些尷尬地道謝，也慶幸後面還沒人等待結帳。

「沒有問題！」戴著眼鏡的她，在鏡片後面的眼睛也微微彎笑，顯得更可愛了。是真的該不好意思，我一看明細，才少十六元。十六元究竟算什麼事呢，零頭爾爾，好意思讓別人這樣麻煩。

走回家路上，我一路想，那女孩看起來年紀太小了，清純學生樣，素顏無妝，態度和服務居然那麼好——年輕、工作認真又有禮貌的孩子，這幾個元素結合後，居然是這麼討喜的生物嗎？不知怎麼地，覺得能遇到一個，就特別值得感謝，泛起一絲「這世界真好」的幸福感。

而且（頓），有些害羞地承認，腦海中想到「是個好孩子啊，好人有好報」這句話。認真的嗎？不禁自我懷疑起來，竟想用這麼老派的長輩用語來祝福，我怎麼了。走在夜風，整個人暈暈茫茫然，沉浸在盲目的樂觀主義中。

隔日，因牙崩了一角，以烈士心情，走進了牙醫診所。

我素來最怕牙醫，因為爸爸家族基因太強大，不僅牙齒是軟的，那邊親人各個牙齒都壞，四十餘歲嘴巴張開，清一色全是假牙。十幾年間目睹之怪現狀嚇壞我了，於是每半年一到，就算怕疼如我，不敢不提頭報到洗牙。

但坐上治療椅，其實是踏入試膽大會，各種針尖利器輪番來襲，不只模樣嚇人，聲音更堪比驚悚片。而當陌生的金屬器械伸入口腔，開始噴氣、刨刮、磨削——啊人生實難，那難以承受的痠與疼。我躺在椅上冷汗直流，在強烈的白光照射下，像審訊室裡被刑求的囚犯，雙手交握，指甲深深掐入自己的手背手心肉中，留下斑斑瘀痕，以手之痛，來轉移嘴裡的痛和驚恐，達到痛苦的平衡。

光是例行的檢查就足以讓人驚怖莫名，何況這次牙還崩了一小塊，更因情況緊急，不得不換了一位能即刻預約的新醫師，簡直往我的不安裡，再扎一針。

這位素未謀面的女醫師，也戴黑框眼鏡，書卷清爽模樣，白淨瓜子臉，宛若與我同年。聽完口述病症，我張開嘴，她仔細瞧上一會，然後叫我持鏡，細細解說此次三顆牙的狀況，診治方式。

「妳看顏色，這裡珐瑯質磨得很薄，容易敏感；這顆中間有一點裂縫，有看到嗎？小閃電形的，會把它補起來……」鏡面中她手中的探針緩緩移動，為我指路。其實聽不很懂，但她不疾不徐的說話方式安慰了我，一點隱含「哎，其實沒什麼啦」的輕鬆知性口吻，也讓我攀到水面浮木，感覺這次可僥倖度過。

治療的關鍵，有時在於病人的信心，而非醫者的技術。而能讓病人產生安全感的醫生，真正打通醫德之道。

該來的還是無法避免，清理表面區域（小痠）、填入樹脂（怕勝於痛）、光聚合固化樹脂（放空），以及最後的磨（又怕又痛）、磨、磨。修飾補料的過程，一向都是我理解醫師手藝高下的環節，剛補後的兩排牙齒高低不平，必須緊咬紅色咬合紙，不斷上下左右用力擦上紅痕標記，張口讓醫師細修打磨，如是再三。曾經次數多到已經張口累了，就算感覺上下仍亂兵崎嶇，為了保護醫生的自尊心（及我流失的耐性），無奈說謊道：「沒問題了。」快快溜下治療椅，但接下數週，每進食就煩惱。

女醫師沒讓我痛苦太久，兩三次修磨，一閉上，如製作良好刨光溫潤的木盒，完美吻合。在噴氣或打磨前，她亦溫柔提醒：「可能會有點痛喔，一下下就好。太痛了告訴我。」我喜歡她待我如小孩子，那種「妳乖妳乖」餵糖的方式。誰說長大了，人就不需要被哄。

整個療程結束，我坐起身子，低頭看掌心跟手背，乾乾淨淨，沒有深深的掐痕。醫師猶在耳邊叮嚀，三樣東西最容易咬裂牙齒，芭樂、骨頭和堅果，要小心。離開診間，要跨出之際，忍不住回頭對女醫師說：「牙醫真的是手工藝啊，謝謝。」

寫病歷表的她，抬頭說：「是啊，手工藝。」口罩下看不清表情，聲音聽起來滿是笑意。

回程路上，再度蹦跳起來，覺得罣礙消除，世界清爽，反覆念著：「不能吃，芭樂、骨頭、堅果。不能吃，芭樂、骨頭、堅果。」給它配上節奏和韻律，像剛獲得的、短短的咒語。

前幾天翻開旅行日記，重新想起去沖繩時，曾在一間居酒屋度過魔幻夜晚，隔日仍對老闆讚不絕口，念念不忘。同行的小花評論，喜愛居酒屋老闆，是因為我喜歡專業男子。或許她說對了。

各行各業人，在城市不同空間及門扇之內，擁有特定的專業領域，日日專注做好一件事情——這本身就如此神奇，也如此帥氣。

謝謝你以及謝謝妳，站在自己的位置，並在不知不覺中，為陌生人，帶來一日難以言喻的、確實的幸福。

衣櫥換季

季節轉換的時候，冬入春夏，夏入秋冬，除了四季交替，衣櫥也進入大風吹。因為懶散，總先下意識逃避衣櫥換季這件事。「反正天氣也時冷時熱的嘛……」，我總給自己理由。於是在氣溫震盪之間，先東抽一件，西抽一件，勉可過活出門就好。等到事態不對，忍無可忍——冬衣再也穿不住、短袖出門騎車全身寒顫，在冒汗與發抖這種最基本的生理反應中，我默默嘆氣，知道人終究是動物，身體總得跟著自然生活。

於是找個天氣好好心情也好好的一天，為自己備妥一杯美味飲品，放桌上定心之後，一鼓作氣，面對衣物換季的大工程。

衣、褲、裙、洋裝、外套、運動服、睡衣褲，還有各式零散的手套、圍巾和帽，一件件取出，摺疊或懸吊，攤放在中介之地的床上。床的每寸平面幾乎都被占滿了，高高的衣服堆疊，如同建材不堅的危樓，晃啊晃。然後，像隻無奈螞蟻，慢慢穿梭於常用衣櫥與儲藏衣櫥之間，搬進搬出。

此時冬夏衣物，通通攤在眼前了。突然覺得奇怪，明明就有四季，我們卻總用冬夏來簡稱表意，萬物的概括性。有什麼東西，也在同樣簡化的邏輯中，被慣常刪減了？更奇怪的是，每天出門，總穿那幾件的我，其他那麼多的衣物，到底從哪裡來？

人有買的欲望，也有丟的欲望。兩者同樣炙烈。大捨與大得，都是一種狂。人彷彿在測試自己，是否能夠狠下心來，走到極端之處，有萬花盛放的豔，也能有水窮山絕的白。在收放之間，享受盡頭的風景，好像也成為當代人的一種能力展現——我們是資本主義的奴，也是極簡主義的信徒，在允許善變的時代中，兩者不相衝突。

於是衣櫥換季的這幾天，不僅是一收一放的換季工程而已，也同時詳加審視那些衣物，同步進行捨離的工程。如同鹹酥雞與啤酒、堅果與紅酒，兩者總會一併加乘帶走。

先前風行一時的《怦然心動的人生整理魔法》，給了我們簡單的指導：觸摸衣物，用心感受，是否怦然心動。仍然心動就留下，不再動心，就跟它說一聲「感謝你」，然後清理。螢幕前巧笑倩兮、穿著針織衫及膝裙的日本嬌小整理師，以規律、簡淨、自律的日本性格，洩漏給我們一條幸福的捷徑。她的微笑弧度也不多不少，恰到好處，品質保證一般。

但「知難行易」，這句話是假的。

一般更貼近現實的常態大概是，知道了一個道理，能實行七八分，已是優等生。

雖然潮流用語已經從 Less is More，走到「最少就是最好」。但我們能走到哪裡，就是哪裡吧——端詳舊日衣物，游移不定的我這麼想。縱使知道一季未穿的衣服，來年再穿的機率，近乎為零，但是人生總有那麼多牽牽絆絆與放不下。在那些猶豫之中，也才顯得時間的過去，有些可愛。

如同大學生俏皮的膝上棉質短洋裝，不會再穿它了，但妳曾穿著它走過那些海；黑底綴花V領的雪紡上衣，還需要輕巧繫腰的，現在穿，嫌麻煩了，但它讓妳想起跟他一起的倫敦美好晚餐；透膚的橘紅短衫，顏色也太豔了，但妳穿著它，瞇眼走進西班牙的陽光下，那時妳不太在意防晒，它浸滿 Sangria 的熱帶甜酒香；略略起毛球的黑大衣，妳和它一起和異鄉人擁抱，看聖誕點燈、世界亮起的那一瞬間。

收了收了，都該收了。有些衣物，仍舊漂亮有餘，可以遵循整理師的指導，不心痛地捨下，歸類到回收區，讓它走向更適合的人。但也有些回憶，我甘心一再對它認栽，再次折起存放。

將事物分得清清楚楚——知道哪些不中看妳仍願意為它柔軟、知道哪些美麗妳卻永遠不會適應，心就變得很穩妥。不是它們的問題，不是妳的問題，只是有些事情，妳願意讓它經過，有些妳仍冥頑不靈，認認真真想要握在手。

仍想握在手裡，那就握吧。這又有什麼關係。衣櫥總夠挪一個角落給它。我們可以信服極簡主義，也可以痛快倒戈，不用覺得丟臉。

也許還將它們再次洗淨，給太陽晒得暖熱，摺疊後，安一個香氛袋在旁。我的回憶們香香的，心理上、物質上。放不下的，就給它們五星級的對待。

最後一件事——對於品質仍完好的、卻可以捨離的衣物，曾試過回收，曾試過變賣，之後發現，最讓人開心的，是妥善整理後，寄贈給需要的人。也許是海外，或者島內的非營利機構。耗了物、花了錢，還讓人更快樂——這才是最反資本主義的Less is More魔力。

寄完包裹的我，此時已毫無懸念，關上所有衣櫥。令人頭疼的大風吹終於結束，可以一身輕鬆，以冰啤酒與鹹酥雞的犒賞之夜，慶賀自己，又順利度至下一個季節。

微情

秋天無法聽歌

坐在從宜蘭往礁溪的車上，下過幾場雨，有了一點秋氣。天是灰白的，有些霧濛，蓄飽滿滿水氣的樣子。車貼著山邊走，彎彎曲曲，不能開快，彷彿車行也是一道淺溪，繞著大地預定的軌道慢慢流。

車上聽起歌來，毛不易的〈一程山路〉。「青石板留著誰的夢啊／一場秋雨又落一地花／旅人匆匆地趕路啊／走四季　訪人家」，非常之秋氣，一聽洗腦。旋律搭配這季節獨有的涼冷和離別感，萬物和人事皆在離別、移動、聚散，車內外包圍在寂寥金秋中，瞬間共感。

他又那麼會輕輕唱，氣音能推送得那樣好，微量如剔透薄絲而又不能散，也像極了秋日的輕盈和秋日的掂掇。然後那兩句歌詞就來了——

潺潺流水終於穿過了群山一座座
好像多年之後你依然執著

我抬頭望著倏忽且不斷向後消逝的窗景，心裡一顆小石頭，本來在角落裡、穩穩地、安靜地、無人注意，此時突然動了一下。接著順著隨機歌單，音樂自動跳轉。幾首歌曲之後，盧廣仲的吉他就彈起來了，開始唱〈刻在我心底的名字〉，副歌轉音如此美。我聽著聽著，覺得歌詞，也很不妙：

刻在我心底的名字
忘記了時間這回事
於是謊言說了一次就一輩子

哎，原來是這樣啊，我突然明白了。年輕的時候喜歡聽情歌，是因為其間朦朧的、尚無形體、也因此能以包容所有無能賦名的希望；現在喜歡聽情歌，是因為知道它的不可能。

哪裡有這個人呢？經過日月多年，依然執著不移，然後終於山水聚合，走到了明亮處，眼前豁然開闊，你們走到了一起，在街頭小徑，平平凡凡地，散步、牽手，像任何一對不惹眼的情人。走過的路崎嶇不易，但你們的美夢，其實許得很簡單。或者那個想說又不能說出口的名字，該忘卻忘不了的人，白天笑著否認夜裡燙著的，你默默打算，為他枉費一輩子。那種祕密和珍惜，帶有一點扭曲——連這決定，也不讓他知道。這苦你能受，這苦，你也樂意受。這偏執裡頭肯定有某種意義，什麼意義呢，一問起來，也說不清。

但有這個人嗎？被愛情故事養大的我們，一開始就中了不少毒。不然哪會在才出發的時候，就希望是個死胡同。

可能，曾出現過這個人。瞧著是的，這次絕對是了。然而又為什麼，就這樣互相轉身了——你其實知道的，人就是太過聰明，比起愛人，更願意愛自己。願意為之等待的那人，丟下一個無關痛癢的理由，然後就走開了。理由多麼容易，有時還以你為名。篤定是的那人，終究成為另一個近似。

於是聽著情歌，我們不輕易買單了，變得謹慎、懷疑、雲淡風輕，以秋日心情。不再是深情歌唱的人，而是天真過後、幻滅過後，惆悵且又清醒的王佳芝：「你可以的，為什麼不？」

為什麼不明白，人生因為浪費，所以有了價值——我曾經願意為你做一回愚昧之人，以耗費作為情愛光榮的印記，讓你我，成為值得紀念的我們。

秋天無法聽歌，因為秋天太適合聽歌。萬物搖動，渥然丹者為槁木，黟然黑者為星星，畫面褪色、刷白，披上模糊的外貌。

「如果有下次，我會再愛一次」，歌詞結尾在這裡，如此肯定。真要這樣嗎？我猶豫著，望窗外灰色的雲，心裡的小石頭，又復歸原位，停止搖動，黑沉沉地，斂首低眉，不理睬人的樣子。雖然不理人，但它也不會追問，是誰造就了它。一生一世一輩子，一說出口，就像個贗品，打回一朝一夕地算。歌唱盡的時候，車已經抵達礁溪，溫泉與愛情之地。

如果有下次，我不會再愛一次。

說不定，有時候，也恨自己不是那個人。

「士為知己者死，女為悅己者容。
為了一個知心者，我們多樂意做一去不回的賭徒。
好好保護自己的心，在不愛惜你的人面前，不要跳動。」

電梯與美魔女

在公司地下室停妥車，搭電梯中呵欠不斷，思索等會兒在早餐店裡，得為自己點些什麼才能振奮精神。

「鮮奶茶比奶茶健康，那就選奶茶吧。溫的比冰的健康，那就點冰的吧。絕不去冰，該聽見冰塊彼此喀啦喀啦碰撞的聲響……」我喃喃自語。

週一的早晨，總像餘生遇劫，非要給身體一點甜、一點放縱的壞、任性的快意，才能心甘情願領著意識和肉身，回歸日常勞動的正軌。

步出大廳，一位年華少女穿著輕薄紗的長裙，匆匆擦身而過，空氣中飄來一股很青春的香水氣味，像熱帶熟成的瓜果、綻放的花。

她是個已經稍微眼熟、卻還叫不出名字的新進同仁。國立大學畢業，常紮著清爽的馬尾，配上討喜的鵝蛋臉。幾次大場合中隔空打了照面，規規矩矩穿著深色套裝和窄短裙，直挺挺地站著，一副雜誌推薦面試必勝的模樣。顯得清純、輕蠢、又惹人心疼。不出這一季，她就該知道，這些懷著忐忑心情為第一份工作買的「上班族」衣裝，雖才中間價位，卻又是最昂貴的衣服——因為穿不過三，便將被擺進衣櫥最暗僻的角落，迎來冷宮的命。

我正以老鳥心態，品評新人的青澀模樣，一拐過彎，差點迎面撞上一位機車騎士。「什麼人這般冒失，大白天停在公司斜坡道上！」猛抬頭，青年憨憨笑著，手拿一頂粉色安全帽，正要收進置物箱中，幸福不言而喻。我立刻明白了，這是一對才剛分別的、熱戀中的情人。

男子背後的旭日光芒，如同最稱職的背景，霎時間為他的身形勾繪了細描的金邊，眼前竟是英挺的年少阿波羅。在那樣的光線當中，似乎又藏著什麼隱形的針，像羅蘭・巴特（Roland Barthes）的刺點，暗伏著扎人一下，使早晨恍惚了幾分。我又想起了，一個已經有點遙遠的畫面。

曾經也有一個人，不論加班多晚多遲，會在公司門口路燈下揣著安全帽，等待我蹦蹦跳跳衝出來。被溶溶黃光包裹的他，看起來特別暖。而那究竟是多久前的事了？回憶的畫面有些模糊，往事如煙。

好一陣子，五十餘歲的保全大叔，見到我總愛調侃兩句：「男朋友真是帥。」一邊還搖頭發出嘖嘖之聲，同為男子的他，彷彿也見了豔花堪折，在世珍寶，慫恿我別辜負了光陰，當即時把握。

日復一日的保全工作想必是相對單純，有了一點談資，便足以叨唸許久。我只笑笑應對，沒多補一句——你怕是再難見到他了，不忍掃了大叔難得的興致。

坐在早餐店裡，遙望前方綠地，我的心續飄移。

想到一位在工作中游刃有餘的中年前輩，處事極為圓融，言語反應也總是靈快。有回顧展空檔時分，他一陣胡亂閒談，誇獎起我們這些後進：「妳們啊，氣質不說，容貌也好，都是美女。但現在，只能算是資淺美女。之後會慢慢變成資深的美魔女——袂摸著（臺語），碰不得的！」

他的部門在公司裡聲勢最盛，每位職員如同一方霸主，在各自的專業領域，皆可據地為王。有時新主管接手，都像是由異地誤入王邦進貢的使臣，需要瞻前、更需顧後，每件案件不可掉以輕心，決定下得如履薄冰。

而這樣鋒芒畢露的部門，充滿了資深女性職員，執行活動時，清一色排開來，有若楊門女將，英氣勃勃。她們外出會議可以談情論藝，在內可以捲起袖口做工搬運，各個辦事明快爽利，也都有深不可測之處。

或許這位功業彪炳的男性前輩，也曾在沙場上，曾經跌過幾次跤，心有難勝巾幗英雄之憾，興起悠悠之嘆。那日才對著我們這群黃毛丫頭，碎嘴揶揄兩句，一面抒發感懷，順道讓心理平衡幾分。

他接著話鋒一轉，關心起感情世界。見我們漠然地搖頭，便說：「沒對象？妳們條件太高。」這句先入為主的勸誡，雖然出於善意，卻真是冤枉。剛入行時，曾收到一則提醒似的詛咒：「走進這門的女子，小心不婚！」原以為只是考驗抗壓性的下馬威，但逐日發現，藝術行政，本就是沒日沒夜。只要錯過一次感情，便可能再難尋情郎。蹉跎光陰，只是自然演化的結果而已。

平常日例行上班，假日和節慶更是工作的尖峰時刻。不知不覺，作息便和常人錯開，愈離愈遠，創造出平行時空。人們出遊歡聚交誼，我們卻推掉一次又一次邀約，像城市的浪遊者，棲宿於展場、荒地、河岸、廢墟，將時光奉獻給另一場活動與企劃。一年四季，永不止息，為這個世界製造歡樂，將我們的夢獻給他人。

因此驀然回首，精明幹練的「美魔女」們，當中不乏單身者。能力和外表堪稱百裡挑一，在婚姻市場裡卻不討喜。也許職能上升，愛情競爭力便同步下降，兩物相剋，貪心不得。基於人性的脆弱，斷簡殘編的八卦、四處的耳語風聲，雖也難免，卻是偷偷小聲地說，彷彿也有一點溫柔，體貼鐵娘子們的不得已。

喝完最後一滴奶茶，不敢細數空窗的月分，懷著下一代詛咒背負者的宿命，沉重地步回公司大廳，迎接藍色系的週一。

按下上樓鍵，電梯自地下室緩緩升上，門一開，裡頭赫然是位氣場極強的「碰不得」前輩，幾乎讓人懷疑，是我的胡思亂想招喚了她來——弧度完美的卷髮、精緻的妝容、剪裁合身的洋裝、高䠷過人的身材還毫不客氣地蹬上高跟鞋，全身挑不出什麼缺陷，神采奕奕地對我道：「早。」

脫離新人的生澀，卻也沒有如我一般積累工作的怨氣和乏力。她眼裡有些我還參不透的光芒，使她容光煥發，引人頻頻回頭。自信又神祕的女子，也許真擁有魔性魅力，任何標籤沾不上身，讓詛咒彷彿過往雲煙。

看著她的臉，在這一刻，我突然不再為前途憂慮。電梯升降，輕熟如我，還僅在中間段。職場之路漫長，仍有不少待解的奧祕和奇蹟。如果因故錯過許多，必有什麼事情，讓我們更為心動。

年下男

被才第二次見面的年下男示好了。

不禁重新懷疑，告白原來是這麼容易的一件事嗎？

習慣穿著黑衣，有些江湖大哥氣息的他，第一次見面就不認生，招呼著大家喝茶，帶動聊天話題。見著誰都親切的海派個性男子，說起話來倒是知所進退，什麼時候該保留、什麼時候以暗示幽默帶過、什麼時候快刀切入，掌握得十分精準。像是職場上翻滾多年的前輩，心裡幽幽覺得此生可畏。

沒隔幾天，意外在另一個工作場合相見。趁著空檔，他問：

「好年輕啊，幾年次的？」

「沒有啦。」想輕快地跳過。

「七年級的？」剛咬住獵物的豹。

「……差不多。」不善說謊又不喜隨意洩漏隱私之人的內心小劇場矛盾掙扎。

「七年幾班？」牙齒深入，森森的白。

「嗯，就××。」遇上太直接的人，只能翻了白眼，放棄自己。

「是嗎？我是××年次的，差一歲。」

「比我小？叫姊姊！」突然驚覺有長輩優勢，要順著氣勢，乘機扳回一城。

無意義閒聊兩三句，男孩又以春雷之聲拋出根本不適合作為初相見的談話內容：

「妳單身？」

「嗯。」

「我可以嗎？」他快接快答。

「……」到底這什麼狀況，有種置身外太空的迷茫。

賞了他一記空中繡花假拋拳，他也就這麼滿不在乎地笑笑，轉身走至戶外。十分鐘後再進室內的他，身上多披了一襲淡淡菸味。多搭他的新衣裳。

我騎車回家，沿路田間剛被植下去的小小稻苗，青漾漾地被風吹拂輕顫，像初春湖水的漣漪。心裡胡思亂想：所謂年下男的戰鬥力，都是如此強盛的嗎？果然後生可畏，此言不虛。

他是示好得太過輕易了，真正的告白，怎麼可能會沒有一絲惶恐，全無慌張，或面對被拒的懼怕？又或者，像豹一樣本能展開手腳，盡情在草原上奔跑，對獵物不眨眼地追逐下手，才是對情感最直覺、也最尊重的回應？是我該檢討，什麼時候，因什麼原由，把告白這件事想得太過複雜。

姑且不跟他認真，計較他的心意多寡。但十分欣賞他笑嘻嘻出門抽菸的輕鬆背影，的確是春日的美好一景。在這一個有些陽光的下午，在海派年下男前，所有的成熟精明，都成了繡花拳腳。他以滿不在乎的輕輕鴻毛，撂倒穩穩泰山。

Tinder

「Tinder 是我同事推薦給我的。」當解釋為何使用交友軟體，總從某個「別人」介紹給你開始。這是我的版本：

我的鄰座辣媽同事，讀大學的女兒上週帶男友回家給她看，白淨老實，人還真不錯。他們在 Tinder 上認識的。「我覺得很適合妳欸，快去下載。不然，妳要去哪裡認識人？」

她客氣有禮，省略了最關鍵的一句話。完整全文應是：「妳都這年紀了，去哪裡認識人？」

我們花了許多年，把自己整理妥當，懂得吃飯穿衣，取得基本學歷，尚可自食其力，維持勉強的人際，偶爾聽懂隱喻。然後，驀然回首，就已經到了這個年紀。或許是把自己打理得太妥當了，還惹得別人嫌棄——「條件太好」、「你挑剔嘛」、「誰敢介紹啊」，大齡獨身的我們，誰沒享受過這種奚落？以往只聽過落水狗被欺侮，但現在看幾位單身友人，平日愈亮麗、獨領一面風騷的，一到佳節、聚會，就愈如平陽之虎，懨懨縮在角落，吃著黃連。

六度分隔理論提出完全陌生的兩人間，最多只隔六個人，在臉書裡，又可降至三·五七人。即使知道潛在對象，約略藏在朋友的朋友的朋友之內，然而臉書早就背叛它創立的初衷——交友配對。臉書比起私領域，更像是公領域，是一張名片，是延伸的辦公之處，是柏拉圖學院。在這寬廣的公共平臺，你可以時或是哲人、時或是懶人，在此抒情、發洩、評論、妖言惑眾，但一切都如此敞亮，容不得人的小情愛。誰會看到心儀對象的臉書，感情狀態顯示「單身」，就心怦怦然，貿然丟出私訊呢？但若在 Tinder 上相遇，便直接省去害臊，進入感情的前提、曖昧的設定。對臉皮薄的人而言，多好。

與前前任分手的一年後，我想起辣媽同事的話，下載了程式。

Tinder的世界，是人像卡牌遊戲。神祕之手凌空向你發牌，你不斷掀開陌生男子的臉——左滑dislike，右滑like，上滑super like，你學著跳簡單的三步Tinder華爾滋，在偶爾犯錯的時候，懊惱不已。如果兩人都右滑，It's a match，和舞伴面對面，進入兩人聊天室，開啟首支雙人舞。

那次的交友探險，因受到兩次驚嚇，只維持短命的兩個禮拜。

一次滑啊滑，赫然出現一年前分手的那人，他的笑溫暖燦爛依舊，用了我們熱戀期間的照片。全身觸電般，立刻反射性左滑，照片消失，我坐在原位，心仍劇烈跳動，猶如衝刺百米之後。我緩了下來，才深深深深地懊悔——怎麼這麼沉不住氣、這麼不長進。應該如觀看難得的小品，品賞他挑選哪些照片、如何鋪陳自介、用了幾分誠實，然後才以無比餘裕的態度，哼哼哼地從容蓋牌。這樣多帥氣啊……我能祝福，而你已經不能再動搖我。

另一次夜深，滑出了友人。我默默盯著他的臉，讀他漂亮文字，看他那拍出靜默萬物中蘊含美麗光線的攝影，森林、窗簾、星屑流光的柴火，然後切掉畫面，將程式刪除。他，我是熟悉的，以及他穩定的女朋友。之後不曾對他提起，我們或許都太寂寞了。我忘記人是複雜的，Tinder或許不適合我。

與前任分手後，又因寂寞的緣故，再次下載。人複雜，人也簡單、易懂、冥頑不靈，不只所羅門王覺得沒有新鮮事，上帝天天看應該也覺得煩。

到底是老馬回歸，還稱不上識途，卻可以不那麼較真了，多了些旁觀樂趣。有時滑啊滑，訝異交友軟體上的男性，竟然與一般的男性差異甚鉅，猶如另一個群體。「他們」貌美、迷人，並且展現出奇的同質性。若是《第五號屠宰場》裡的特拉法馬鐸人觀察Tinder，這應該是對「地球男人」的概覽解釋：

男人，各個皆善於衝浪、滑雪、潛水、健身、馬拉松的雄性直立生物。或許氣候炎熱，頻繁裸露上身。必要配件是車和錶。招呼語：「我有酒，你有故事嗎？」「我家的貓會後空翻」、「好看的皮囊千篇一律，有趣的靈魂萬裡挑一」。養狗或貓者，三人有二。

華爾滋簡單，前、後和轉身，但旋轉旋轉，也容易讓人暈。滑了一些臉孔，幾次不著邊際的對話，慢慢乏了、累了，有了壁花的心情：「都這個年紀了，一頭熱地跳著，幹麼呢？」說年紀，並不是老了，而是不多遷就不合適的舞伴，壁花有壁花的態度。

對徵友軟體失望的人說：「找一個正常人，這麼難嗎。」但正常是什麼呢？我也不敢說，自己是什麼正常人。說不定我更是頻頻踩腳的糟舞伴。你我沒有好壞，只是慢熟，有點潔癖，且易於疏淡。於是我們又離開 Tinder，像虛擬網絡裡的幽魂，期待轉生，又害怕遇上另一個負心書生。

但誰知道，會不會哪天不小心，在 Tinder 上滑到我。那時，我們可以像張愛玲一樣，輕輕說一聲：「噢，你也在這裡嗎？」

然後轉身走開。

徵婚啟事

月兒彎彎，勾回走失的魂魄下班
湘西的屍身在我面前，隨月光蹦跳前行
幽幽竹林，風一來吹亂頹喪烏髮
變身小倩青青
飄飄以堅果和冰啤酒時段
好好結束，曾希望好好的一天

突然想到，現在狀態也勉可算自立自強
三十女子心無旁騖，全心衝刺事業
若可沿用古時男子的婚姻形式
該有多夢幻可喜

我願意，徵求小家碧玉
不求智力
但外表不能沒有魅力
天天相見
才不會天天厭倦

不需壯碩胸肌、豐潤翹臀
但至少喜歡嘗試生育
包三餐食衣住行，只要你願意
用愛意燒飯洗衣

每個夜晚，點盞溫暖燈光等我歸家
飯菜不必舉案齊眉
但最好懂得挑選酒水，妝點時令花卉

建立應景的apple music歌單搭配

不用摸黑晨起，挑水洗衣
但求正確地逗弄岳父母
代替我於膝前談天說地
撒嬌淘氣

不需細繡鴛鴦勤做女紅
也不困居大院，百無聊賴團扇撲蛾
歡迎至街角咖啡店打打零工
招惹野貓調劑身心，順道貼補家用

其餘不多過問，可以中二厭世
但不要太常黛玉
可以適度買衣
但不要上演包法利

不必擔心，內外分工過度大女人主義
畢竟研究報告指出，上一個世紀
有更完美的幸福滿意度
和極低的離婚率

若有這般男子，帶得出廳堂下得了廚房
我願意，挑戰比舞招親闖關搶婚，應徵你家的東床快媳——
多麼奮力生活的，三十事業女子
歡迎考慮

提親日

「真是奇妙的一天，太神奇了。」用貧乏的形容詞，失神喃喃講了兩遍。雖然有愧於國文系出身，當下卻也找不到更好的詞彙。我問身旁之人：「以後不會再有其他人，下半輩子就這樣決定了。不覺得很奇妙嗎？」

男友握著我的手，狐狸似地笑：「妳不用再想了，已經沒戲啦。我就是妳的完結篇，全劇終。」然後拉起手，在手背落下一個小鳥啄。每在我幽思逸逸的感懷時刻，橫來插入一句調侃，馬上讓情緒切換到哭笑不得，是他的獨門特點。只能照例回賞一記白眼。

這天，是他正式向父親提結婚的日子。這種經驗，人生常理來說，不會有太多次。而對於這種應當慎重、卻又不容預演的橋段，不論人多老、多成熟，大抵像登上禮堂，面對千人演講前的心情，心臟野鹿似地狂跳——即使真正的觀眾只有一兩人。我們毫無辦法，花招盡失，對於太在意的事情，人容易自動虛鈍軟弱，十分無用。

然而就算是生手，並非沒有準備的訣竅。畢竟身為臺灣人，我們自小最會的事情之一，就是考前猜題。

女性一方，提親這件事其實可以偷懶，躲在簾子後方，納涼看別人出征就好。但舉凡提親，通常得一次定江山，如果不成，雖然可以捲土重來，卻免不了兩邊元氣大傷，要花上許多時日療養。為了將軍出戰順利，行前兵棋推演和刺探我軍情報的雙重任務，就落在我的頭上。

「妳家要不要婚宴？要幾個餅？要不要長輩提親？有沒有什麼特殊習慣或禁忌？」原以為跟家人已經夠熟識了，然而這些基本問題，我一個都答不出來。這也難免——第一次結婚，誰知道家裡會有什麼規矩。於是開始發現提親的守則一：母親是最好的盟友，千萬不要忘記她。

母親跟父親是共同體，只跟她說的話，父親最後都會神奇地知道。這有時帶來困擾，有時，是與父親傳話的祕密通道。試試看，對著地洞悄聲說：「國王有驢耳朵！」安然睡下，一夜之間，就地長出了大樹，每一把樹枝做成的笛子，都幫你傳遞音訊。母親能幫你傳話，幫你軟化，還不消請託，便加碼相送，幫你從大將軍營帳裡，偷出攻防戰略圖，是頂尖的情報員。

守則二，家人不是你的家人，是最親愛的陌生人。過去所認識的家人價值觀，在婚嫁事上，很可能重新洗牌。有時講電話講到一半，會突然神思游離，納悶想：「這人是誰？」以為父母會開明之處，實則傳統無比；以為必備的重要事項，結果居然來一句：「沒差啊。」因此在與家長討論婚嫁之事，宜腦袋白紙一張，嚴禁自由想像臆測，在撥打電話的前、中、後，也請記得不時深深深呼吸。

守則三，先別把家長的話，當話聽。我這樣說，絕對沒有不敬的意思，都是切身經歷換來的教訓。爸媽說的話，當然該好好聽，但第一版的意見，就看作九月天的風捲雲絮，欣賞它的詩情寫意就好。初時沒有人提醒我，於是爸媽每一句顛覆想像的意見表示——這該怎麼辦、那該怎麼辦，對我都重如千斤，認真苦惱半天。長輩結婚美學主繁複，我們尚簡約，我們懶到一個地步，最好道隱無名、不為而成。於是這個禮數、那般周折，我聽了壓力山大，還要跟另一方家庭協調，光想就心倦倦、眼沉沉，索性暫時進入冬眠。結果沒隔幾日，又一通電話過來，原先父母期待的這些那些，突然變成：「給你們考量就好。」

到底是什麼，讓「非得要」轉化成「都很好」？一切通通翻盤，像水變為酒的奇蹟。難道是對孩子的愛嗎？是母親的枕邊細語嗎？是不小心透漏的為難口氣嗎？我不知道，但我珍惜這樣的翻盤，萬般欣賞父母善變的態度。

終於把所有小路障搬完，讓雙方將軍在不見面的情形下，已初步達成議約協定共識，此時的我與母親，堪稱是兩個已成形的小小外交部。

提親當日，天氣晴朗，父母晚間有事，男友傍晚繞進鄉道巷弄，抵達位於山腳下的小小的家。他穿著先前共同挑選的日系白襯衫，抓了頭髮、刮了鬍子，在我家廚房裡，規矩地陪父母喝茶吃水果。其實若仔細看，那襯衫微皺，一角冒出褲頭沒紮好，四十歲的男子在茶桌邊，端坐如小學生。

他們聊著不相干的家常事，然後母親離席，父親突然起意，說要上山去。我看手錶，時間剩不到兩小時，這兩將軍彼此都知道來意，卻如同泳池下水比憋氣似地，猛沉住氣，也不出招，徒留我乾著急。

二月末的春天小山坳，群山環抱湖水，路上鮮少遊客，農人在盆地種植綠色的、紫紅色的菜蔬，一小塊一小塊地劃分，很安靜自足、小國寡民的樣子。我跟著他們繞湖旁路徑走，見路旁有人野釣，父親就興致盎然地湊上去，駐足聊上幾句，看桶裡蹦跳的魚；步經一戶無人石屋，院子裡燒著冬季的材枝，灰白的煙往天上蒸騰，父親便與念建築的男友手枕在牆垣上，在乾烈的柴薪氣味中，遙遙比劃，研究起石砌的工法和換氣系統。

他們如此閒散，彷彿眼前沒有什麼人生大事待議。在道路兩旁，沿途枯樹竄出大地，荒地上野芒搖曳，湖水平滑微波，我穿黑靴子走在小石子路上，不出聲，也不再看錶，順著路的弧度一直走，路彎我就彎，周遭響起鳥聲、蟲鳴、風穿過整排蓊鬱的樹林，所有聲音將我包圍。也許人生大事就是這樣，急不得，你就該擺著它、不看它，像水自四面八方來，樹尖、山壁、伏流、苔石，一滴滴凝聚，它順著它自己的心意走，等時間到了，溪流自然出現。

在返回車子的最後幾分鐘，男友起了頭，雖然有些斷續、沒有漂亮的修辭，但他慢慢地說，一字一句，直到把所有心意說清楚。質樸訥口，更顯得真誠，通篇文字，我沒辦法刪減或增添一分。父親也回了，很慎重地，回覆了好、答應的原因，以及許多許多的祝福。這對父親並不容易，因為那時，我們交往才剛滿一個月又一週，男友如同面熟一點的陌生人。但父親對我們的決定，只有信任，沒有任何懷疑。我在旁邊看山、看雲、看路邊探出的草葉，覺得兩人的沉穩對話，如同山內兩棵老松的應答，融於這一片恬和靜謐的林景中。

下山路有好幾處彎道，他開得緩慢，父親在旁旋開保溫杯，穩穩地、安心地喝著熱茶，有蒸氣微微自緣口冒出來。父親有些年紀了，持物時，手容易抖，但在過彎時，茶水沒有一滴濺出來。坐在後座，看他們兩人的背影，突然覺得難過，鼻酸得想落淚。

我想到，父親會慢慢發現他的優點，一點接著一點，像我跟他交往後一樣。也終於遇到一個人，不會有天不告而別，付出的關心隨同那人消失不見，隔一段時間，又要換一張陌生的臉開始熟悉、親近，再度從零開始——叫什麼名字、是哪裡人、你們怎麼認識。我不會再讓父親陪著我心累。

然後車子又拐過一個彎，整片山谷盡收眼底，金黃光線籠罩山壁，林壑收斂暝色，灰紫又帶點淺粉的天空下，點點橘紅燈火自平原的家屋亮起。日轉入夜，那些光點如同溫暖的火種，旺盛地燃起、發燙著，像邀人歸家。那時我才發覺，不，這次微微鼻酸，不是再度因為難過，是開心得直想掉眼淚，而我正和兩個我愛的男人，一起在回家路上。

到三義卓也小屋，蝴蝶撲天地飛。
原來整排都是高士佛澤蘭。

再走兩步，全不見了。
然後再繞個彎，兩排高士佛澤蘭，蝴蝶又群飛狂舞。

明白了一個道理：投什麼餌，就招什麼來。
世界有規則的，世界或許比想像中簡單。

指甲剪

初次到男友的公寓，印象深刻的不是他的藏書、作品、旅行帶回的什物，而是指甲剪。一個獨居生活的人類所能擁有的指甲剪，居然可以這麼多。

矮櫃上IKEA透明杯裝立著五、六只指甲剪，沙發旁凹處一只，桌面書堆與書堆中間兩只，床頭櫃兩、三只，回程坐上他的車，想想不對，順手一撈飲料架——果然又掏出兩只。我不敢想像，如果真拉開所有的抽屜櫥櫃澈底清點，是不是能湊齊一座指甲剪的金銀山。

它們大小各異，造型不一，有的素淨，有的有藏屑護套。然而它們並非特別雕花或繪飾，款式隨處超市可得，瞧不出什麼蒐藏的價值。我想起腦筋急轉彎裡的老題目，一隻蜈蚣能穿幾雙鞋。那一屋子數十只的指甲剪也教會了我「奢侈」的感覺是什麼。奢侈就是要有些超現實——遠遠超過現實所需的數量，由數大堆砌而出的幻覺之美，是那種餘剩，那種瀟灑的無所謂，帶給人快感。

然後我見男友，在各個他想要的時候、他想要的角落，都可以快樂地剪指甲。他剪指甲時的表情，簡直有點天真，心無雜念，像十二歲小男童，發愁的事只有下課時分，該去福利社買哪款麵包來配養樂多。他每一根手指前緣都乾乾淨淨，指甲的盡處直接指肉，只能看到如髮絲般一線幾乎不可視的月白。無論什麼時候抽查，都找不到多留的白色指甲尖。

對於指甲剪，我也有一點怪癖。出國旅行打包時，對什麼重量都斤斤計較的我，一定要帶上指甲剪套組，不然就不能安心。

那是一個格狀編織的橢圓盒套，藍綠色與白色交錯的精緻方格，有點蘇格蘭的味道。拉開拉鍊，祖母綠絨布面上，整整齊齊地插上指甲剪、修眉剪、眉夾、掏耳棒、小銼刀，像英式管家一字排開的沉穩戰力。東西少，不張揚，實力堅強。

印象中，這是在銀行當經理的舅舅送我的。可能國小就有了，長年放在抽屜內，大學時某次旅行，拿出來用，此後竟成了旅行的必備良品。它從可有可無晉升至不可或缺、從不可或缺變成安定之物的過程，給了我一點啟迪。物也好、事也好、人也好，在好與壞之間，在信仰和虛謊之間，有時只差一個契機，只有一線之隔。那個按鈕鬼冥中被誰按了下去，景色瞬間遞變。海平面上無涯的夕陽金光，一秒鐘後，夜色如浪來襲。

回頭說指甲剪，它多讓人安心。走在清邁市集、躺在首爾汗蒸幕、在北海道食蟹，這種理該全身鬆軟、全心體驗的時刻，如果剛好某個指甲緣翹起了小小的白色鬚邊，癢癢的，刮到微痛，要撕拔又容易力道失當而濺血，頓時所有精神都只能集中在這礙事的指甲邊。要是沒有指甲剪，巧妙地喀一下，可能整天旅行最好的心神，就白白浪費掉了。明知道不該在意的卻終究在意的，心下一個疙瘩。

指甲的小緣邊，無從預料什麼時候會出現。行李箱內放個指甲剪，彷彿就能擔保旅程一切無礙，不受這要命的小事侵擾。

日前與晉升老公的J，看了日本戀綜《愛在山林間》。少見的大齡企劃，男女從三十五至六十歲不等，有喪偶、有失婚、有單親，一起住進山野的破損老宅，朝夕相處，揮汗修補房屋、除草種菜、分組煮飯，從事各種基本勞動，期待能從中引燃愛戀。

看的過程，與J一直咯咯笑，彷彿笑看著自己。無所不在的攝影機、實際互動畫面和事後訪問的剪接，讓成員的內心小劇場和習癖，一覽無遺。我們得出結論：「人，果然是愈老愈古怪。毛這麼多。」年過三十以上，想談成戀愛，沒那麼容易，心要勇敢強壯。

我有我的「指甲剪」，你也有你的「指甲剪」，我們經年精心培養出不同的雷點，一碰就爆炸決裂。如果這時遇上一個人，他的怪癖恰恰繞過你的警鈴線，他也能收服你所有的毛邊，那就多瞧他兩眼，說不定，他將是下一段旅行的旅伴人選。

牽手

先生說我一個隱藏版的大優點，是睡覺時，手一定會牽好，牽緊緊。不論我看起來睡得多深熟，他掀開被窩進來，我一翻身，手就扣上。像兩個設計好的磁扣，精準貼合。

第一次碰到他的手，是剛接受告白後，坐在他的車裡頭。吃完晚餐，車子從地下室停車場開出來，他的手先是放在方向盤上，然後移到大腿上，停頓了一下，在紅燈時刻，越過排檔桿，將我的左手牽起來。那個停頓片刻，很有意思。都是大人了，我倆臉不作聲色，都看向前方。那時是一月分，車窗上冬季的雨，不斷落下，淅淅瀝瀝，將路上四處投來的光——黃的、紅的、綠的，於眼前暈出一球球小燈花。他的手也如同雨水，是溼的、冷涼的，我的掌心像突然泡在一汪溪水裡。

他說還好嗎，我說沒關係。很緊張嗎，他說嗯。沒喝酒的他，頰上卻十分紅。車開到租屋附近，兩人都還沒有要分開的意思，外頭持續下著雨，雨刷來回擺動，想不出適合散步的戶外，便停在巷旁角落，繼續在車裡看雨花。我們將椅背往下打，半躺在各自的椅子上，像看一齣汽車電影院，雨點滴上、滿盛、然後再滑下，絲絲連連，很安靜的千言萬語，在空中、在眼前上演。他的手慢慢乾了、暖了，才發現他的手，原來非常的綿軟。

雖然身體與長相，人無法自己選擇，但擁有一雙好摸的手，絕對是一大幸運。這幸運多半不是自己，而是伴侶的幸運。手，看似頻繁活動的部位，極外部，最常與萬物相接，但除了舞者、看護、政治家等特定職業，一般也不可能隨便予人碰觸。朋友曾與曖昧者坐在河畔夜聊，對方放在椅上的手，只五公分十公分的距離，整夜咫尺天涯。能知道手真正的觸感和溫度的，只有親近之人。

看似人人相同的手，柔軟度、厚實度卻常在一握之後，才知其間巨大的差距。

又因天生指節、指骨的型態，後天指甲修剪、傷口與痣的分布、繭厚薄的不同，形成各自殊異的手感，如起伏山稜線的萬千變化，樹林裡無法計料的、零碎的日光與暗影。鋼琴家的手，工程師的手，廚師的手，銀行員的手。不僅指紋人人不同，手的觸感也是。

我常常牽丈夫的手，牽著牽著，從十指交握抽開，開始平向輕拉他的手指尖端，然後又上滑捏捏他的掌心，這裡碰碰那裡掂量，像在探索一片陌生的地質。他的手掌寬厚，每個指甲都剪得齊頂，一弧弧順暢的圓線，乾乾淨淨地，看不到一絲指甲尖端的白緣，乖巧國小生的手指頭。而他的手實在太軟了，又軟又厚，像鬆厚的法式湯種吐司，綿軟裡又自有一種豐富與堅實。這上好的觸感引得我直接忘記牽手，而把它當成一件有趣的物體，以觀察家精神，拿在我手裡探索它的質地。這怪異的行徑他尚還不嫌棄，我有些感激。他的手如此好摸，我多得的幸運。

國中時看《辛巴威之歌》，以家書形式書寫辛巴威母親與赴美求學女兒的對話，跨時代與文化的女子親密絮語，記得一看就非常喜歡。後來借給友人，書便一去不回，想必他也十分鍾愛。有段文字曾印象深刻，是母親在跟女兒敘述出嫁時，外婆交代她的話，非洲母女間口傳的智慧。憑我靠不太住的記憶，以及可能的幾筆添加，重述如下：「妳一輩子會遇到兩個男人，第一個會讓妳雙手震動，讓妳如火燃燒，但終究離去；第二個男人讓妳雙手穩定，如湖水平靜，然後妳會跟這個男子，過往後漫漫的生活。」

大學聚會，有位六十幾歲的教授，大氣、沉著、思路清晰，也是厲害的冷面笑匠，在他身邊聊上幾句，總開始聽見大家噗哧噗哧，像春風來臨，笑得東倒西歪。他的妻子倒是如同堅石，頭髮紮得一絲不苟，強勁凌厲的冬風一般，常眉心緊蹙，整天活力充沛，呼喝著我們這些小的切菜、採買、搬桌、掃地。這對風格迴異的夫妻，卻有個特點——走到哪裡都牽手。一個襯衫黑褲，一個襯衫長裙，六旬夫婦走在校園、走在青田永康、在我們小輩前面，手拉手，風與火，如此和諧。他倆頭低低的，微靠在一起，不知道講些什麼，然後他，總是能逗她笑，不間斷的小火苗。

交往時，有次討論起幸福的樣子，我想起他們這一對，說到老都這麼牽著，感覺不錯。「幸福」概念太高大上，幾乎像個贗品，讓人害怕，而幸福是什麼，還摸不清楚，但能這樣走一輩子，約略就是了。初戀曾說，最大的夢想，就是每天晚餐後，一起牽手散散步。我於二十歲時聽到這句話，覺得願望美是美，卻小而淡。現在想想，其實許得十分深重，日常才是最難。臺語喚妻子叫「牽手」，有點道理，不是那個人，手牽不起來，或者走到路的某處，總是會散；牽著一起走路的人，就是妻子。

這世上的確，會有讓你雙手顫抖的人，會有讓你平靜的人，火的烙印、湖水緩靜，所有你都將記得，時間會幫你抉擇。婚姻與否，亦無從擔保，共有的日子能過多久。但如果在黑夜裡，那人跟你回同樣的家，歇在同張床榻，那麼手就多牽一夜，日子便如此，從今天，安安靜靜地，千言萬語地，過度到下一天。

有貓之人

有貓之人
這成為他的強處和人品的說明

定義可愛——
當他於陽光中張開雙臂
牠肥胖的小臉
貼在他丘陵般的肚腹
抬起，以祖母綠寶石眼睛
一齊望向我
此時百物豐潤，一切不疑

輕軟的毛掌，無聲跳上白床
經過蜿蜒，窩在他身側伏睡
呼吸綿長交替，如同交織的賦格曲
如此安息，不怕屋外風雨——
我知道陰影有止息的地方
船有港灣
魚有家

偶爾也有傷疤
躁動突竄，牙尖和利爪
種種鬧騰的小癲狂
但事後那粉色的、帶刺的舌，伸出
舔拭掌心、手臂，且繼續試探——
在雙手間，逐漸低下的頭
又讓花朵重開

就算同居，貓與我充滿距離
牠有牠望山的坐墊
他有他的筆電
各自拒絕的方式
然而只要願意，他們可以是
軟軟的、暖暖的，搖頑皮的短尾巴
自由飛撲過來
不容人說不

麒麟之愛

從小養寵物的願望，在婚後終於實現。J先生有隻十歲公貓黃麒麟，模樣討喜，我心想，有些買一送一的概念。

初見面時，從紙箱中露出一雙靈澈的大眼睛，打量端詳我。隔幾日不怕生了，在有陽光的下午，跳上鋼琴，用毛腳踩踏黑白琴鍵，模樣之俏皮，蓬鬆毛髮沐浴金光之中宛若華貴寶物，在那瞬間給我一記回頭望——令人自動唱起〈情非得已〉。

不騙你，真的，世界第一可愛。瞧牠那完美的毛色、眼神、輕盈身段、小小閃電毛茸茸的麒麟尾，「可愛」不是抽象形容辭彙，可愛是扎實的力道，朝我們的心確實、連續地重重出擊。但那時沒料到，比起婚後平靜下來的感情，這貓能掀起更多的愛恨波瀾。

「公貓比母貓黏人。」「撒嬌好啊！」瞧我曾如此天真回話。麒麟之黏，簡直煩死人。

飼料和水，用兩個日式瓷碗，放在客廳一角。書才剛翻開，麒麟便來到腳邊磨蹭，要人蹲在碗旁，摸摸陪吃飯。才結束，回座，沒半分鐘，又來。一篇散文不過四五頁，牠算精準了，按頁斷句四五回。有時書桌貓盆往返倦了、累了，想裝傻，圓滾滾的眼睛便望上來，搭配一聲喵嗚——當下才知，為何鞋貓劍客討嬌的眼睛，可以是種攻擊。我終於練就一身倚牆看書摸貓的能力，煮飯時不管掌勺執刀，也能隨時中斷，被牠領著，帶到盆邊伺候牠。

曾有朋友問我，什麼是聽過最美的情話。我回，只要男人說：「走，帶妳吃好吃的。」我就心動不止。這是男人的照顧欲，結合女人的依偎心理，並用食物，達到供給生命的隱喻。現在邊摸麒麟，邊看牠大口吃食的樣子，竟也泛起朦朧的相似幸福感，這約略等同看見情人於眼前大啖牛排龍蝦的快樂。

但奇怪，說牠愛吃，倒也不全是。幾次兩天一夜外出，回到家，麒麟懨懨在某個櫃子上或棉被裡歇睡，眼睛瞇瞇，行前倒滿的飼料，幾乎未動。而當我們在家，牠就肆意來討摸讓人陪吃，一日一盆很快就見底。

不摸，就不吃。牠迷戀的，究竟是飼料，還是我們的撫摸呢？如此一想，就更令人憐愛了——這個傲嬌又害怕孤單的小東西，對於愛的索求，永遠霸道，而我沒有任何理由拒絕牠。

麒麟對我可以予取予求，而若要主動求取於牠，門都沒有。牠若襲上人形，一定堪比最高級的交際花，而我是那新嫩的、成天在旁晃悠的小男爵，撿拾她拋下的花朵，對所有的冷淡甘之如飴。跟牠同居，剛過一年。摸摸稍有遲怠，便被毛巴掌伺候，但我要抱牠於懷中，至今只成功一秒鐘。

「不公平的愛，更趨近愛的本質。」牠貶貶尊貴、可愛的眼睛，如是指導我。

感情不是公平貿易，只講你情我願。而我看牠那颯爽跳出我懷抱的身姿，決絕離我而去的背影，恰如一個人應該在愛情裡保有的、自由瀟灑的樣子。

新人類女孩

一個新的人類女孩來了。早上從這裡出門，晚上也回到這個家，這次這個新人，看來會住得很長久。她「麒麟、麟麟」地叫著我，跟主人學得有模有樣，眼神好奇，但身體卻隔很遠，手才剛伸過來，我一擺頭，小露了一點牙齒，手就像被火燙到，迅速收回去。一看就知道沒跟貓住過，還嫩得很。雖然舉止笨拙——人類碩大笨重，無論體態和優雅度，都遠遠無法跟貓族比——但她好歹懂得聽我喵喵兩聲，就乖乖倒上水和飼料，還算勤快俐落，懂得這個家先來後到的倫理，勉強容忍與她共處簷下，倒也無妨。

身為老貓，我知道兩個真理：可愛就是權力，做自己就無敵。而在這家中，不誇張地說，我第一可愛。只要磨磨桌腳、跳上鋼琴鍵上亂踩、在地毯上打滾、出去庭院吃吃草，隨便耍點小花招，主人和新人就眼睛放光、嘴哇哇怪叫，雖然也常為他們這種沒見過世面的鄉巴佬模樣感覺羞恥，實在大驚小怪，但尾巴還是不自覺搖了起來。那天我半瞇著眼，任新人摸我的頭，在她旁邊翻肚睡覺，她就滿臉感動；隔天又要摸我，我心一煩轉頭跳開，結果她反倒更欣賞我了。人類的愛沒有原則，盲目、孤注一擲且喜歡受虐。愈不理睬，就愈狂熱。主人和她從外面回來，說工作無法做自己，疲倦萬分，然後猛抱我，我就不理解，他們為什麼不學學我——不爽就該跳開，偶爾露出嚇唬的利爪。

夜裡他們躺上床，半入睡時，我會輕輕跳上床，窩在他們腳中間。睡著的人類像小嬰兒，無毛且脆弱的生物。雖然我也不愛討他們抱，但這時，床有點溫暖，他們有些可愛。

微塵

三十女子

日子一到，突然被移送、歸類
身體這片肉是
至少還有三十餘年保存期限的
即期品
膠膜外貼著
「開封後請儘早食用」的警語

老了——痣和疤

「老了。還真的是老了。」某年開始，突然有這種明確的感覺。彷彿心中那座封塵的古老大鐘，在午夜十二點終於動了，決絕地敲擊一下，留下整屋子惡兆般的餘震殘響，從此進入一個新紀元。

這老，不是含糊朦朧的，而是身體性的，充滿實感的。想像肉身是一顆盛到極點的飽滿石榴，外皮豔紅，內裡果實亦紅水晶般晶瑩，有豐潤而甜的汁液，在沒人看見的地方，也處處那麼美——就在轉向腐敗的前一刻，處於最飽滿的狀態。然後，突然間，命運之手到來，它被擘開又擘開，果粒刷刷打掉，不規則地散落一地，或許掉在盤上，或許隨意滾在桌上，連掉落的狀態，都無法保持漂亮矜持的規矩。

老不是心理層面上的無事悲秋，隨意挑事嘆悠悠那種，老，是生理上惡狠狠地壞給你看，想閉眼、裝無視都不行。每個人壞的方式不同，在我的身體上，決定性的「老」之記號，就是痣。

說到痣，必須先提及我的大學教授。教書法的他，誠懇著一張臉，卻十分會以那張臉，兜天轉地黑白講。有次上課，說起一則唐人傳奇般的志怪故事：

他原是天界的文曲星，寫字時，書僮邊磨墨邊打瞌睡，一個手滑，墨潑濺於白紙上。他拍案斥責，小童一驚，墨條鬆手，墨汁噴灑得更多，惹得他臉上、手上全是黑點。他氣上心頭，出手打昏了書僮。這失控行為天界難容，便被貶至凡間，仙界記憶全數洗除。

大學新生訓練時，初遇師母，她自前排回眸一笑，他便一見鍾情，苦追十年娶回家。婚後煮飯、洗衣、掃地樣樣來，日日辛苦服侍太座。某天覷著她瞧，仔細一看，才發現妻子的臉，竟依稀是那名書僮的臉龐——他瞬間想通了，怪不得她生日晚他一天，刻意追他下凡。這輩子他是還債的命，星官反過來，好好伺候小僮。

「所以我臉跟手才這麼多痣啊，是智多星。」教授爽朗哈哈大笑，又丟了一個諧音哏。

當時臺下的我愣著，心想這是什麼灑糖文。除了佩服老師自編傳說的胡謅功力，甜蜜之餘，也清楚解釋了婚姻本質是還債的甘願受。但當下的我，對「痣」將隨年齡增多的預示，並無絲毫警覺。

直到有日，無意識凝視左臂，「咦？」原本空白地方，出現新生的痣。我開始數，一、二、三……前臂上，竟足足新生出五顆痣。簡直大豐收。這些小刺客們，是什麼時候在眼皮子底下長起來的？竟然全無印象。我用指尖輕輕撫摸它們，像日日觀星的天文學家，突然發現一整個新興的星座，怔忡之餘，尚還無法為之命名。

然後少看鏡子的我，某天瞧見鏡中的臉，鼻翼左側的那顆痣，自小熟悉，但不知何時，在右臉頰幾乎相對位置，也悄悄冒出針尖般的黑點。我暗想不妙，事態絕許不僅如此。左右轉轉頭，果不其然，在鼻尖下方，再捕獲了另一枚新痣。

身體的紅燈，亮得如此直接，以一種視覺性的惡趣味，明白昭告天下——痣在身上，一點、一點地長出來。它們是星，拿我的皮膚當夜幕，爭先恐後，燦爛地黑亮起來。而我對所有發生中的變化莫可奈何，無從預期、也無能轉圜，只能瞧著鏡子，接受陌生樣貌，順理成章地成為現在的自己。

多壞啊，你看，我從沒想過。對心理層面的掌握，人愈老愈能收放——控制自己，練習對有禮無禮之人都保持微笑；對家人更懂噓寒問暖，早安晚安；對夜半突然來襲的致命飢餓感，強行忍住進食的衝動。但對於變老，我們束手無策，不可能逆轉。

《聖經》將肉身比喻作「地上的帳幕」，人只能負重嘆息，在諸天之上才有神預備的「永遠的房屋」，讓人把希望寄託於天上。把現世寫得悲涼，卻不是沒有原因。皮膚上細紋漸次明顯，如房屋角落細微的龜裂。靈魂棲居在這殼子裡頭，而這借住的帳篷會損耗、傾倒、被拆毀，終歸是必朽的身體。

我想起在京都寺院，看枯山水的那些下午。萬物沒有聲息，四周沉緩寂靜，時間在細石中流轉，偶爾從遠處林間，傳來一兩聲如同預言的鳥鳴。從秦始皇派徐福帶千名童男童女出海求仙，多年未果，到亞歷山大大帝兩手伸出棺木，空空地來，空空地走，身體或許是來教我們，不再相信意志萬能、人定勝天。讓人重回謙遜起點，直到我們能觀看衰敗的身體，如欣賞四季自然遞遷，有枯榮，有生滅——而在凋敗之處、死蔭之中，也存有美。

順著臉和手臂，往下看到了手背。在那裡，也有一點可說的。

我的十隻手指頭，在指節底端，於一般戴戒指的地方，多有傷疤。與痣相反，疤都是自己製造的。而那些疤，都與感情有關。

某次分手後，右手食指被衣櫃微小凸出的鐵構刮傷，皮褪去一層，血液瞬間冒出。天天取衣，卻偏在那日受了傷。雖然不嚴重，但鮮血直流，仍處於情緒鈍漠狀態的我，略為麻木地看著傷口，像看一幕黑白的卓別林默片。過了一陣，才轉身，抽起桌旁的衛生紙。紅色血液，迅速地被吃進了衛生紙，壓了好幾張還沒停，一點一點的印漬，像飄降雪地的緋紅落櫻，並在指節上，留下比一般膚色更淺的、淡白月形的疤。下次分手，也在那幾日，右手中指又刮到了什麼，留下幾乎一模一樣的傷口。然後——幾乎可以預料了——再下次、下下次分手，換到左手指節上，長出圓形、長形的小月疤。

沒有自殘傾向，也不會蓄意創造戲劇化的「分手疤」，雖然也時常迷糊碰撞，但怎麼都這麼剛好，在分手時，於戴戒指的地方，受不明的傷。不同的指節，像個小型美術館，展示月痕的陰晴圓缺。然後，我想起網路流傳關於感情的一則數據，那傳說斷言：忘記一個人是可能的，而完全放下一段感情的時間，恰恰需要交往期間的一半。

有時恍神，會看看指節上的傷疤，有淡有深，提醒著我，傷還沒好，傷還在那。它們偶爾在不同手指上，同時並存。但我也知道它們終將逐漸淡去，很慢很慢地，大約真等於與那個人，交往時間的對半。它們是長在膚上的、時刻倒數的感情沙漏。

而後在某日，突然發現小月疤，完全消失不見。是什麼時候消失的？亦全無知覺。有人走進我的生活，如所有情侶般，經歷同樣的悸動、相似的痛楚，然後那人又完全離開，抹除痕跡，像不曾出現過。在月痕消失時，我終於能不動感情地想起他們，像想起一位遙遠的異鄉人——面貌有些模糊的、住於高緯度寒帶地區的友人。那裡幾乎終年永凍，門窗緊閉，甚少出入聲息，而單單想起他們，就足以使心上泛起薄霜。

曾有任男友，左手無名指上，環繞一圈紅線蝴蝶結的刺青，那是他與前妻的婚戒，他與她的銘記。交往時，坐在餐廳對桌，邊吃飯，視線不小心落在那上頭，小小的蝴蝶結順著手指動作，彷彿翩飛於肌膚上，紅得很漂亮。蝴蝶自由舞動，牠的時間獨立於世界時序之外，在外人不可介入侵犯的軌跡裡，飛翔在不曾變動的和煦春日。

以刺青作為婚戒，真是件浪漫的事，在極端中走險峭之路，我私心想。畢竟刺青是不可摘除的、恆久的傷口，有一意孤行的況味。《威尼斯商人》莎士比亞寫道：「But love is blind and lovers cannot see. The pretty follies that themselves commit.」愛使戀人盲目，看不見自己所做的傻事，而這正顯示愛情的魔力——為了難以言明的原因，寧可不做一個清醒的聰明人。於是刻意雕鑿身體的疤痕，以此永遠紀念愛情，即便知道情愛倏忽，有日可能不再，仍說出「我願意」。或許這才是婚戒意義：多年之後，讓人悚然一驚，曾有的愛戀成為一圈死結，將兩人綁在一起，那是親自套下的、選擇走的絕路。

愈深切愛著的事物，愈有能力使我們疼痛，彷彿疼痛時刻，我們才真實感受。這是愛恨之間，神祕的作用力與反作用力。我們對不痛的事物不屑一顧，而這，是我們對愛最傲慢的偏見、最自視甚高的斷言。因此有時，我們不願那傷疤好，我們懷揣它、珍愛它、樂意它長起來，它使生命真正特別，像獨自品嘗黑巧克力的苦甜。

於是跋涉人間的我們，在肌膚這暫居的帳篷、逐漸損壞的舊衣上，累積殘痕和痛覺，刻寫情愛外顯的明證，像精心收集的旅途紀念物。然後日日夜夜，伴隨各式各樣的傷疤走下去，可見與不可見的、放手的與放不了的、能述說的與無法以語言概括的——彷彿攜帶這般記憶，我們才終於心甘情願地老去。

新搬家，來 IKEA 四五趟。
已經可以目不斜視，快速滑過不同區域，像水中游魚。
拿起物件，然後自己結帳。

更驚訝的，是幾乎不曾想起你。
曾經一起在樣品空間躺坐、想像、挑選家具。

忘記你了，即使來到這麼富於暗示的、家的地方。
我感覺強壯，也感覺害怕——

你也用什麼新的記憶，覆蓋了我們。

健身房

在幼稚園大班左右，我初次悟出身體與靈魂的不同。當時拿一張紙，用蠟筆在左下方畫了一個斜躺在地的人。我畫得精簡扼要，用「介」字當手足四肢，上安一個圓圈作頭。然後在右上方，又畫了一個飄浮在空中的人，並在頭上，多加小小的天使圈環。

畫作的風格與氛圍，大概如同拉斯科洞窟壁畫的鳥人與牛。這一空一地兩人，遙相觀望，我也觀望紙面上的兩人，困惑著：奇怪，有一個身體的「我」，也有一個正在想事情的「我」。這兩個彷彿是一，卻又可以截然分立。在那疑惑的、自我認知發展的光之時刻，我已經明白思想一定有別於這副皮囊。

從那之後，繪畫技巧沒有進步多少，這多年前小兒塗鴉，也早就丟諸腦後。但近期，卻不時回想起來——每當千百個不甘願，卻又拖著身體，急急奔赴健身房的路上。

前往健身房之路，是身與心的微型戰爭。「必須運動」這念頭，想想，本身就有違自然。誰會在三十以前，心心念念告誡著自己需要運動呢？學生時期的體育課排在日程裡，糊裡糊塗就跟著大家跳繩、投籃、大隊接力，也做做樣子，拚撐不過三五下的踢毽子。從學校畢業後，沒有了課表框限，比起運動三三三法則，「能躺就不坐，能坐就不站」聽起來更加親切且富有人性。何況那時，我們吃什麼，都不會胖。

二十來歲，領第一筆薪水，開始攢積可自由運用的小錢，也大舉邁向飲食聚餐的新世界——類別從墨西哥 Taco 到法餐鵝肝，價位從路邊小吃到日式無菜單，時間從清晨牛肉湯延伸到夜半雙杯調酒。我們信任青春的身體，也相信它待我們不薄，慷慨有餘。直到有天，一日晚睡需要拿三天來補，走個緩坡步道就氣喘吁吁，對自己再怎麼寬容都看得出鏡中小腹，卡在穿一半的貼身細腰洋裝之中，這才開始，默默收下街頭遞來的健身房傳單。

健身房就是拖磨、牢籠、給自己預約的每週小規模災難。

我像蒙昧的幼犬，在每一臺陌生機器上哀哀嚎叫，顧不得丟臉與否。有的教練雷厲風行，有的甜如幼兒園教師，但不管哪一款，我的哀叫都毫不管用。他們明白，健身房不是給人討饒用的，來健身房目的只有一個，就是招惹痠痛、不讓自己好過。

文科女子的我，喜愛詮釋、彈性、申論、想像，但這裡沒有「無為而無不為」的空間，沒有什麼萬物將自化——十下就是十下，啞鈴幾公斤就是幾公斤。教練吆喝：「來，休息十秒，十秒之後，我們繼續吸氣、往下、蹲。」

在機械的椅墊之上或雙臂之內，我仿照貼紙中圖樣人物，將身體部件，逐一反覆開闔。它們針對不同的肌群下手，而肌群的名字，我永遠聽過即忘。五歲的姪女有些玩具，可精細分解，頭、頸、胸、上臂、手掌、肚、下肢，攤在客廳巧拼地板上，如同無血的市場展臺，蔚為壯觀。在健身房裡，我是自己的分解者，也是自己的旁觀者，一面腦袋放空，像個物件上下左右擺動；一面認真感受痛覺，並以十足興味，觀察身體某處正不受控制地劇烈顫抖，像觀察一場中學的電夾實驗。痛中之樂，有些變態，愈痛愈愛。

獨屬健身房的莫名樂趣，也逐漸擴及至飲食領域。

工作緊繃，好一陣子沒食欲的我，每到午餐時間就是頭痛時分，告訴自己：「不餓幹麼吃。」一然而一到健身房，無飢無感的仙人胃腸便瞬間破功。邊在器材上四肢運動，雙眼發直，腦袋卻異常活絡，上演一幕幕美食劇場跑馬燈：牛排、酥皮濃湯、花生起司牛肉堡、焗烤龍蝦、炸薯條、泡麵加蛋花、桔香冰梅綠、抹茶生乳捲、壽喜燒、燒肉、肉粽、粽……一回神過來，已自主發展為餐點名稱接龍。

健身房為提醒會員餐飲熱量，戒之在口，製作宣導海報，標註最危險的夜市小吃及上班點心的卡路里排名，貼在最後拉筋區的正前方牆上。團體課時，教練亦於教室中央，舉辦飲食卡路里的有獎快問快答——不，他們不懂，這一切，只讓事態變本加厲。

月底小桌對談時間到，教練打開資料夾，檢視數據，問：「來健身房之後，飲食習慣有沒有改變？」

「有，感覺特別放心安全，回去都大吃垃圾食物。」

教練愣住，欸欸了幾聲。

「上次妳宣導熱量，珍珠奶茶幾卡、印度拉茶幾卡、泰式奶茶幾卡、鮮奶茶幾大卡。我聽完，下課馬上去買杯奶茶喝，被妳成功誘惑到。」

教練尷尬大笑，很空虛地哈哈哈，不知道如何填她手中訪談表單，筆在空中晃轉。

「妳就放心填吧，沒有關係，這心理學都可以解釋的。」我微笑安慰道。

看她搔搔俏麗短髮，卸下教練專業武裝，臉蛋紅紅，添了點小女孩式的手足無措，那模樣真是太可愛了。逗弄教練，順勢成了另一項惡癖新嗜好。

所謂健身房，到底為何物？去之前都萬分掙扎，前兩小時突然手腳冰寒，心裡期待忽逢要事加班、天空大雨、諸事不吉，強化缺課的正當性。有時真索性缺席，然後發現每期的會費，是花錢為自己買得一絲翹課的樂趣，如同平添的假日，倒也不壞；有時違逆本心，硬將身體拎進了健身房，學倉鼠跑圈圈，原地打滾了幾圈，離開時總熱汗淋漓，精神大好，慶幸不枉來了這一趟。於是不管去或不去，健身房似乎都是一種，予人幸福的存在。

而在那些機器的輪迴之中，我不時恍惚，彷彿進入了無盡的旋繞，踏入一條頭尾相接的水河。我將時間投注在無數的小端點，試圖兌換日後更多健康的時間，以籌碼賺取籌碼，恰如一場無從擔保的賭局。

「要跑得多快，才能跑出圈圈呢？」倉鼠這麼想。

健身房的我，也想著同樣的問句。

馬尾

運動完走進大樓電梯，還微喘著氣，門一關，三面玻璃包夾中，映出層層疊疊的我。在下降的盒子裡，斜眼打量千面女郎的畫面，從此處到遠端不斷碎片化、縮小的、原本熟悉的臉，如同一首樂曲終的Calando（漸弱至消失）。

在銀白燈光下，那臉也刷上一層金屬硬冷的光澤，彷彿長年居住於鏡中的另一位陌生女人，終於忍不住，朝現實世界這端，窺視端詳過來。

「原來真的這麼圓呢。」渾圓如滾胖小西瓜的頭型，綁起高馬尾後更加明顯。左右轉了轉頭，自己低語驚訝，他說的果然沒錯。

上回到新髮廊，設計師輕輕摸了一下後腦勺，說，東方人有這麼圓的頭型，還真少見。我「喔」了一聲，沒怎麼在意。「綁起馬尾會特別好看。」他說，然後力勸我打消短髮的念頭。於是稍後步出髮廊，三千煩惱絲繼續飄揚。

他不知道，這青春活力的、運動少女形象的馬尾，曾經是我羞恥的印記。

小學三、四年級的班導師極具威儀，即將退休的她，總穿著到腳踝的褐灰長裙，戴厚重眼鏡，不苟言笑，擦正紅色的唇膏。講臺下還矮小如豆的我們，只要她眼神一掃，連最頑皮的男生都會一凜，坐姿不自覺正挺起來。

有次訓起班上服裝儀容，她叨唸：「大家要注意整潔，不要亂弄。像是女生頭髮，沒必要花俏招搖……」突然從講臺走下，大步經過課桌椅，停在我身邊，中氣十足地喝：「就要像她一樣，每天都紮馬尾，乾乾淨淨的，最好！」

那是女孩子已經開始為男孩爭風吃醋，散播無聊八卦，偷畫小雨傘的黑暗時代開端。雖然我遠在男女胡鬧的曖昧圈之外，下課事不關己地從抽屜拉出新借的書翻看，活脫的書呆貌，但內心何嘗不想擁有風騷的編髮、晶亮的蝴蝶結飾品、愛心髮夾和折磨人的辮子呢？那番誇獎，猶如被當眾認證為「無趣女孩」，週一至週五，清一色乖馬尾，毫無變化。我如含羞草般瑟瑟低下頭來，埋怨早上出門前，不願意為我多花心思的媽媽。

我邊看鏡中女子的高馬尾，想起班導總畫著紅唇的嚴肅方臉。上回燙了睡不醒慵懶棕紅色卷髮，綁紮起來，挑挑翹俏，配合渾圓頭型，尤其透出一股夏日冰鎮西瓜般的清爽喜感。不知道什麼時候，開始能欣賞自己的馬尾。

所有都改變了。以為烙上的印記，不會跟著一輩子。「馬尾」以及其後收到更直接的大小標籤耳語，阻擋不了的「她怎樣又怎樣」的背後評論，在蛻變更新的過程中，曾貼上的標籤失去黏性，噩夢漸消，那些影響逐日對我無用。

健身房教練說，肌肉增長的方式，是藉由運動造成肌肉撕裂，讓肌肉損壞，然後身體將自行修復斷裂的肌肉纖維，那些新生的纖維，才使肌肉變得更加厚實。肌肉鍛煉的過程，原來充滿矛盾的幽默感——藉受傷而強壯，由破壞帶來生長，由毀滅帶進重構。

以為虛弱的、衰敗的、不堪一擊的血肉身軀，早就懂得自然的法則，比頭腦更知道事物運作的道理。

如今也偶爾被莫名惡意擊垮，置身窄巷絕路，明明面對面，卻難以言語溝通之人，對話如枯藤老樹昏鴉吱嘎嘎。但下班的我，可以用殘存力氣，上健身房，訓練自己好好受傷的能力。

今日的我全身痠痛，那痛，估計還會延續個兩三天——受傷，逐漸痊癒，然後完全痊癒。鏡面裡的臉，熱熱紅紅地，痠痛又蓄勢待發，綁著微甜的小馬尾，尾末搖搖。我盯著她，在無人的電梯內，為了自娛，又快樂地晃頭甩了兩下。

冷漠

大雨打在擋風玻璃，一場小型的透明砲戰在眼前不斷上演，襲擊、觸地、綻裂，直至炸花散形於溶溶，模糊全部的視野。它們細密的聲音如沙，持續流逝，彷彿事物被地底不知名的某物吸引，持續向下、消散，沙沙沙地，聽起來催眠。

這是週四加班後的回家路上，冬日天晚，因豪雨，眾人毫無選擇地塞在車陣中，不管要去什麼方向，不管有無人等待。每臺車中都有人，必定地，但這麼壅擠的車潮，毫無人聲，泰半灰黑的鋼鐵盒子一臺咬接一臺，在陽光消逝的黯色中，如肅穆送葬的隊伍。最鮮豔的，是整條街亮起的剎車紅燈，幾條墜地的、車道上歪扭的紅龍。

那紅也丟了紅的骨氣，十分懨懨，在動彈不得的位置，與車內之人一起認命等待。

我雙手環方向盤，眼望前方，眨也不眨，好像盯著什麼，又渾然不覺外物。就在此時，那通電話響了起來。

「您好，我們公司近期推出低利率的貸款專案，請問您信用卡是分期還是……」

沉默聽了十秒，再給他兩秒，然後切掉。

這是我首次沒任何回應，沒聽完對方的「謝謝，再見。」就掛電話。通常平均要說上兩次「謝謝」、「我現在在忙」或者三次「不需要喔」，才雙方和氣，妥善結束通話。

反覆聽完此類行銷電話，並非那麼有閒情逸致、也沒有寫小說塑造人物的田調需求、或許有些慣性禮貌，但更主要的是——他們真辛苦啊，每日不知要迎接多少拒絕，坐在這種牢籠似的位置上，一次次被陌生人消耗。無法提供業績給他們的我，想想，至少能釋出微薄善意，好好聆聽，人與人基本的相應。

但這次我一言不發，就按下結束通話的紅鍵，十餘分鐘後，愧疚感才來襲。在那掛斷片刻，我明白了：人會漸漸變得冷漠，或許只是因為，累了。真的累了，這麼簡單。筋疲力盡，一只被掏空的蒼白器物，再沒有多餘的力氣或情緒，分予他人。

S夜裡來電，閒語兩句，然後說，最近對生活以及自己，有了新的領悟。前日已在ＩＧ看到一絲端倪，依她的個性，讓她自己緩緩，但早等著她開口。「說吧，怎麼啦？」我洗耳恭聽。

原來是同事間的紛擾，當成朋友的人，做了很非友誼的事情。冷戰、耳語、再見面時薄冰般的尷尬氛圍，然後明白，不是付出就能收到成熟的回應。生命短暫，決定花更多時間，放在家人身上，在乎「我愛且愛我的人」。

「哎，原來如此。」總是如此，「都幾歲了，搞得像國中生吵架，幹麼呢。」因為太熟，我不小心又補了刀。

我們都走過這路，人物抽換，情節雷同，今天輪到她。當她說「新的領悟」，還以為是什麼驚天大事。但反過來想，人類智力發展或許不符合進步史觀，反而愈老愈笨，倒退地活——小時候的腦負責處理困難知識，將世界運作的邏輯細緻分類歸納，這年紀的腦，才慢慢開始，回頭理解非常直接簡單的事情。

換過一隻手數不完的公司數量後，近期在新地方，我也察覺自己的人際怠惰症。並非懶散、臭臉，相反地，我更加注意笑容、維持輕柔的口氣語調、和同事的日常關心，但現在的我，打從心底熱愛一個人的午餐時間，並且知道「同事只是同事」的本質意義。

曾經吃飯必呼朋引伴，業務患難與共，假日還相約出遊，經過了這些和那些事情以後，明白離職後才交換社群帳號的奧義。工作場域不是學校或娛樂地，不是讓人交朋友的地方，如果有，那是多得，加倍珍惜。

處理工作內容，也隨之變得從容且明快。對於善打迷糊仗、裝傻甩賴之人的語言煙霧，以往會安撫附和，現在開始不耐，可以速斬亂麻，三兩句挑破，拉回正軌，不再隨之波動；對於蠻橫情緒之人，道歉也好、解釋也好，說到該說的點上，就停止了，不讓自己過度卑亢。曾經被這些水怪纏繞，墜湖數次，知道不必為那些淤泥負責，也沒能力清淤，不會再過去了。

不抗拒加班，但任務完成，即刻爽快刷卡。而人際關係太博大精深，有些神祕我已經放棄參透，並且明白另一個簡單事實——我沒那麼可愛，何必追求人見人愛。

也透過多次訓練，該足夠聰明嗅出危險訊號，不再妄想做拆彈專家，英雄交給漫威，實際生活，以遠離達到最低程度的自保。檢視最慘烈的幾次經驗，發現最傷人的，我最關心，晝夜思念，夜間轉化成殘酷夢境。他愈虐，我愈逞強表現，像愈動愈緊的捕獸夾，完成一齣自導自演的悲劇。因此明瞭簡單實情——只要克制自己的M型體質，放下自戀，便可即刻跳出火圈。

沒有力氣了，真的沒有。

知道能量有限，像續航力不足的電池，肉身跟心理都容易疲倦、疼痛、損傷，因此為了活命，學習感情的節約主義，避免各式的鋪張浪費。日日如此倏忽，早點回到小窩，和家裡老貓一樣，躺躺，吃好，與愛人擁抱，然後眼睛瞇成一線地微笑。

我們變冷酷了嗎？更「大人」了嗎？或許讓某部分冰封住了，無動於衷，卻逐漸能分辨什麼是枝微末節，劃出一條進退的界線，藉以換取更大程度的心的自由。

三十的某一種層次是，拿捏生活和自己的限度，不遷怒世界，但有意識地待自己好。不是因為外界常說的「你值得」，我不特別好，自己最知道。但此生，也只有這副肉身，要學著跟它相處下去，哄自己開心。

待自己好，是淡淡的，細細的，若有似無但綿延——雖然仍懂煙火、香檳和玫瑰，但與其盛大派對，更傾愛小屋裡的綠蜡新醅酒，紅泥小火爐，能對飲談天的朋友，還有兩三，不多，足夠。

原諒我們關起門，原諒我們適度冷漠，罔顧外界的風雪。我們需要這要命的片刻，圍在火光旁，注視光源。快樂不多，微微即滅。順從趨光的直覺，以各種溫暖事物好好充電，向有愛的人靠近，讓自己的燭芯，在天亮以前，再次烈烈地暖起來。

「天哪，我已經封琴那麼久。

雖然也很想念，最近也真想過，重拾鋼琴、琵琶或跳舞……

但所謂勇敢，是不是也能定義為：

再次像個新手，無畏地犯愚蠢的錯誤。」

鹿港的風

離開鹿港高中，出了校門向右拐，沿街走到鹿港天后宮。路旁木麻黃羽毛似的小枝隨風盪起，舞者一般搖搖擺擺。而整排的腳踏車，也因為強勁的風勢，如同骨牌，倒了一半。路上荒涼，少見人影，學生仍在課堂，市場已休息，攤位上的木棧蓋上一層綠油布，擺在地上黑鏽的鐵籠空蕩，沒有急促的禽叫，沒有血水殘跡，只偶爾從深深巷弄裡，傳來一兩聲遙遠的犬吠。

乾燥的空氣，淡水藍的天空，大風無處不在，雲流動之快。

我進入天后宮，沿廟裡走道往深處走、順著階梯往上走、再繞過沿廊，最後停在天龍池前，仰起頭來看四周。右方是正殿，左方是凌霄寶殿樓，在兩邊高起的廟宇裡，中間巧藏了這座少人聞問的、空寂的小噴泉廣場。

因為是平常日子，人少，靜悄，就算是來參訪的學校團，也只到正殿轉一圈，就止步。後方殿宇人跡杳然，只偶爾三兩香客，從旁經過，像照片角落一抹迅速消逝的白霧影子。我坐在這熱鬧景點中、一處被遺落隔絕出來的時空，突然有種錯覺，彷彿置身真空地界，這世界只剩下我一人。

這麼幽靜、被層層包圍、又被忽略的空間，猶如《牡丹亭》的場景再現，杜麗娘隨時會向我走來，以春閨女子遊走於大院之中的鬱鬱心緒，對荒涼花園傾訴：「原來奼紫嫣紅開遍，似這般都付與斷井頹垣。良辰美景奈何天，便賞心樂事誰家院？」繁花似錦，韶光易逝，人在其中也如同草葉，日日對著未知的事物，盲目盛開，對著空景燦爛。

池邊圍一圈欄杆，上面陳年的紅漆斑駁，露出銀色的底層。水柱從底端四個方位打出來，噴往池中央的龍身，一柱左眼、一柱下顎、一柱鬍鬚、一柱直噴入喉，有時擊中嘴前懸掛的小金鈴，鈴就會急速地劃圓圈轉，噹啷噹啷響。每次響的時候，秋日午後獨有的那份安靜，就被襯得更加鮮明起來。

剛剛結束完一場講座，今日無其餘待辦事項，身體像一塊充滿小孔洞的海綿，全是鬆軟感。沐浴在秋天的午後陽光之中，一切金黃明透，單是坐著，放空，就彷彿被秋季濃厚的豐收氣息所籠罩，被接納成為其中的一部分。鈴聲在耳際清脆地響，我看著池子，無意識地想，明明是龍的，卻無法掙脫，日復一日任水噴著澆淋，溼黑的背上，生了一層厚厚青綠的苔。我與龍的眼睛四目對望，試圖看看牠的表情，有沒有洩漏出一絲無奈。

本來斜前方有對老夫妻，坐了一會兒，就走了，此後再也沒人坐下來。這麼好的一個晴朗下午，人群都因什麼原因，走到什麼地方，埋首忙於什麼樣的事呢？我們都在時光的格子中，困於什麼樣的位置。而那些事物，是不是有足夠意義，值得我們辜負這個美好秋日。水柱噴了一陣，又停了。停了一陣，又噴出水來。我又轉念想，或許因為是龍，所以不飛身。

小廣場的地磚是六角形的，我仔細端詳，邊角是尖銳的稜角模樣，磚與磚，卻都彼此嵌合，緊挨得很好，鋪組成一整片完整的地面。風太舒服了，周遭是褐黃色的光，空氣中充滿香的味道。香爐裡插著高度不一的立香，灰白的煙屑無聲地掉落，厚厚沉積於爐內，形成一座小型的灰色沙漠。混合沉香、檀香與檜木香的木質調氣味，順著細煙向上飄揚，劃分出屬於香的領域、香氣的結界。

在這種郁郁暖暖的環境下，人不可能太認真思考。我的思緒沉靜，又如淺水悠蕩，瞧著地面，感受一種模糊的羨慕——人際能不能像磚般緊扣，既保有自己方銳的個性、突出尖角，又圓圓滿滿。

出了社會以後，許多小事，突然都變成繁複的迷宮，人走在沒有路標、亦沒有預告的重重拐彎中，有意識、無意識地，被時間推進，做出每次當下的選擇。有可能只是順著性子，自由生長，卻成為別人的荊棘、擋道的枒杈。有可能小心翼翼，仍猜不透對方的心意。然後，無端也受了一些傷，那些明來的、背地的暗語，揣測與謠言，不同解讀的版本。然後，想起曾看過的那本《失落的一角》圖文書，關於一個有缺角的圓，與一個尖角相遇的寓言。有時總懷疑自己的完整，在與他人拼接時，是否也成為了缺陷。

所謂的社會，究竟包含多少的妥協、讓步與寬容，才能讓彼此如同地磚般彼此嵌繫，拼出共同的畫面？

秋日暖陽的光持續映照，有東西不斷幽微閃爍，如同誰在空中，灑下童話般的金粉。我一抬頭，兩面拱門上方，刻寫著「乾坤合德」、「日月同光」。匠人在石上，鑿出古老又崇大的吉祥語，題在人人經過的門上。竟想到此般形容，以如此盛麗的畫面，將人置於與天地齊平的位置上——才德品行，能與日月同放光輝，普照四方。

我有些懷疑地看擺在身邊的小背包，看走過太多路徑而磨損沾塵的鞋面，看自己攤開且空無一物的手掌，卻看不出有什麼奇特魔法，沒有珍稀之處，只是如此普通的個體而已。然而世界上，居然充滿這麼多盛大的祝福與厚望。

一代代的我們在天地間俯仰生活，或許就算渺小，覺得自己微不足道，仍是被誰掛念在心，也如此承載著眾人的期許，彼此疊加願望、祝禱，誕生並被含納在一個集體的祈願裡。人有可能外於群體生活嗎？誰能不領受任何人的善意，獨自生存至今。

又再往上看，雲絮飛快地跑，如棉花糖機，不斷抽絲吐絮，轉出蓬鬆的、淡色的、一碰即化的軟甜意。那樣的天空，除了雲無聲奔跑之外，好像空寂無比，看久了，卻有一隻鳥、兩隻鳥飛過，然後緩了一下，又從另一處意外的地方，飛來三兩隻，落入視野裡。原來在靜中，也有許多事物正熱鬧著。跟午間在鹿港高中時一樣。

鹿港是母親的故鄉，我們年年過年、中秋、節慶時回來，也如同我第二個家。早上搭高鐵南下，再轉搭客運從臺中出發前往彰化。一登車，便顛覆長程客運慣有的安靜公路印象，司機大哥於車內播放熱烈的臺語卡拉ＯＫ，彷彿撥動時間的指針，快轉回到風華豔卓的八〇年代。女歌手的歌聲隨著地景，時而怨訴，時而纏綿，整路晃晃繞繞，而一進入彰化境內，窗外低樓層廠房並肩比鄰的景象，和紅褐系的土地顏色，令我倍感熟悉安心。

提早半小時先到了教室，在鐘響學生到來之前，我推開原本密閉的窗戶，望向窗外的操場。鳥群不斷飛過，操場邊旁樹上的葉片，被風吹得顛仆搖擺，但隔了一段距離從高樓望去，一切抽離了聲音，如同一幅恬適的靜物畫。我在無人的教室裡，打開手機，點播祁紫檀的〈生命從無法被概括〉，她輕靈的聲音煙一樣地往上飄，又像綾緞似地轉：「時代的風／命運的風／一切都在朝夕之間／誰還記得生命本就脆弱」。聽著歌曲，我想，如果每個城鎮都有公認的記號，那能標誌出鹿港的，無疑就是大風了。

乾燥的風、明朗的風、無預期的風、穿梭在一切空間之中的風，風多變的面貌，是每一次來鹿港的印象。

記得母親曾說起她兒時的故事：小時候家境不甚富裕，國小寒暑假期間，都到鬆緊帶工廠打工，賺取零用金，貼補家用。在尚無勞基法的年代，才國小的她，每天連續站立工作十二個小時。夜裡巨大機械運轉所發出的嗡嗡聲音，如同一波波的泉水將她團團環抱，於工廠走道一排排來回地走，她睜大眼睛，抵抗不斷襲來的疲倦睡意，仔細凝視上百部機器裡千絲萬縷的線，往復不斷快速交織，若稍有斷線，便要停下機具，用手挑出處理。「我的散光，或許就是這麼來的。」她笑著說。

而當夜半歸家，那偏郊小站牌，常只有她一人下車。離開公車後，四周夜色深濃如墨，舉目不見他人。此刻大風接掌了大地，如同它專屬的遊戲場。大風狂鬧、喧囂，肆無忌憚地呼嘯過空曠的田野和竹林，並附在她耳旁如同厲鬼嚎哭，彷彿一個不小心，便要被勾走心魄。她站在無燈的田埂上，嚇得瑟瑟發抖，在風盛大之時，由於害怕，不由得在小小土徑上，趴伏著身子走。自此她畏懼竹林的陰涼之氣，每聽到海浪般的竹濤聲，膚上便起一陣雞皮疙瘩。

風是如此，有時溫柔，有時凌厲暴烈——強勁且充滿力量的、如同命運的大風，無預警地來臨。然後肉身的我們，手無寸鐵地走在其中，不知道這次會不會傾倒，或者像舞者一般漂亮地搖擺。「堅強是生命在震動／用盡一切力氣／一點也不輕鬆」，歌又這樣接續唱。我邊看天上絲捲的雲，快速變換，像趕赴一個不知名的彼方，邊想著自小聽過的、各式提醒人不進則退的寓言小故事——別說人生時刻前進，在風無來由的撲擊中，人有時單是站立，就已經耗盡所有力氣。

然而曾令母親恐懼的大風，我卻異常喜愛。即使頭髮被拂亂，風怒吼時心也同時震顫，但走在田間的我，常不自覺張開雙臂，幻想自己擁有了翅翼，或像《綠野仙蹤》的龍捲風，即將開啟一場未知的冒險。

在生活裡持續創作，無疑便是最冒險的決定。文字這條窄路，逐漸走到現在，也斷然做了許多轉折的決定。旁人時常欽羨，看似瀟灑地跳脫常軌，了無牽掛，但只有自己明白，雖有幾分決絕，亦有更多的猶豫，以及許多的不安定。就職、辭職、寫稿、接案，旺季、淡季、不敢刷的簿子、突然的疫情，不知道明天要走往哪裡，卻又反覆將手中既有的拋擲，然後慢慢拼湊出現在的風景。並不很寬闊，但有一方小天地。路會引人往哪裡走，永遠都看不清。

時不時，也像母親，遇上夜裡無星的日子。如同梵谷那幅《有烏鴉的麥田》，畫面上惡靈般的黑色鴉群，飛過不祥的藍夜，麥田被不明之力壓制，麥稈癱伏，紅褐的路面有如躁動血管，湧向三個各異的方向，人被置於這個令人困惑的、分岔的起點，面對艱難的抉擇。然而在這個秋日陽光中，待在靜悄無人的池邊，持續被風吹拂，突然覺得，一切都可以無所謂了——這世上本來無一路，人走在大地上，何必有方。

我一個人在小池邊，在祝福般的燦爛金光、木質香氣之中，安靜地聽鹿港的風，不試圖辨明它的路徑。聆聽從八方而來、又往四處散去的風聲，感受它的狂盛、它的未知，以及它的生命力。然後在這午後的溫柔時刻，閉起眼睛，知道自己亦是風的女兒，而它已經為我準備好一雙透明的羽翼。

北藝大新生

十年前的夏天從倫敦大學碩士畢業，十年後的今天我做了件實驗，試著摔摔鐵飯碗（辭掉文化局公職），聽飯碗掉落的聲響測試其質地，是否真摔不壞，然後上妖山讀人生第二個碩士班。

我媽（不用想也知道）一定是不贊成的，因此這事不能事先報備。做了、決了、結了之後，在家庭餐桌上，深呼吸一口氣，才若無其事地報告。驚愕之餘，她反射性丟出兩個關鍵問題：「妳都有一個碩士了，為什麼還要再讀一個？」以及「都拿到英國碩士了，幹麼還拿臺灣的？」

這兩個直球一針見血，原汁原味，選詞及方向充滿了偏頗的在地性及判斷，犀利與趣味兼顧，但的確有其微妙複雜之處，連英倫藝術碩士都無法妥善回答。「是啊我究竟要做什麼呢，讀什麼文學跨域創作所，明日的飯菜在哪裡……」只能默默低頭扒飯，提前展示謙遜受教的學生貌。

出社會幾年間，好歹學會了，有時沉默就是最好的回答。

八月辭職，九月開學。搬家這天是早秋，仍然豔陽燥熱，又有大風。於天母用完中餐，一行人緩步停車處，準備扛家當上山。三歲多的姪女箏箏突然釘住，指著前方提起嗓子，開始尖聲細細地叫。

我和兄嫂一同往前看，是一棟住商大樓，一樓是凱基證券，旁邊車道有柵欄通向住戶停車場。箏箏指著柵欄，抽抽噎噎叫。還不太會說話的她，尖叫是她最主要的詞彙，「啊！」可以是被子、玩具、巧克力，可以是要，也可以是不要，而他人則憑臆測和運氣與她溝通。

嫂子蹲下來跟她解釋那是他人住宅，不可以進去。十分鐘過去，說明或誘惑（買養樂多）都無效，只能硬抱她走了。她放聲大哭，臉紅皺成一團，腳賣力地踢爸爸，成為整路的焦點。風這樣迎面颳著，陽光這樣晒著，路人的眼神這樣沿路射著，果然是刑官金秋，所有事物都來得毫不客氣。無奈放下來了，箏箏跪爬著，哭叫得撕心裂肺，只得牽她回去。重新回到凱基證券前方，這回聽懂了，她說，在柵欄裡面的停車場，有恐龍。

「停車場內，有恐龍，要進去看。」原來這是她啊啊的正確翻譯。手一直指向前方，搭配叫喊，堅信不移。四個人陪著她，讓原本的趕路行程荒廢，在女孩（極具肺活量）的哭號聲中，與三歲箏箏的幻想停車場恐龍對抗。凱基證券厚重的玻璃門，終於也被哭得鬆動了，戴著口罩的保全推開門，看了膠著的家庭一眼，又沉默地退回冷氣房中，像一隻路過的草食性恐龍。我們看哭得楚楚可憐的她，等她情願，等她樂意，任由時間荒蕪。

電視劇《冰血暴》中 Lorne Malvo 曾經說：Because some roads you shouldn't go down. Because maps used to say, "There be dragons here." Now they don't. But that don't mean the dragons aren't there. 古老的地圖有龍，現在沒畫，不代表龍不在。我極愛面無表情的冷血殺手 Lorne，面癱詭異帥氣王，骨子裡就是冰，說起狠話讓人寒意滿點。在熱到快升天的下午，我等著停車場的恐龍，想起古老褐黃羊皮地圖上、惡龍的血盆大口。

黃昏時分，終於上妖山，點我的第一杯爐鍋咖啡。小山上，便有了盆地景色，也離天比較近。整片的天空為我攤開，我盯著窗外亮藍色的天空發呆。大風中，疏朗疏朗的，有淡雲一筆筆。天這麼寬闊呢，人們擠在地表上為了一小方地盤奮力爭鬥，卻忘了有這麼大一片領域，值得開拓。

再念一個文學碩士，做什麼呢？不為什麼，我單純喜歡，無所謂的事情。我羨慕箏箏，真心相信不存在的事情，是那樣篤定，直到她周遭的環境和人群，都為之震動、為之改變了步伐。

再問我一次同樣的問題，或許可以如此回答：

我會讓恐龍，從各種幽暗處走出來，破除現實與幻想的邊界，讓秩序的地基鬆動，讓慣常的大地產生裂口，直到宇宙也不得不，為我們共有的想像而產生逆轉。

晚餐，導演友人P的本日金句：

「如果人生要活成史詩，就要找到你的巨獸。太累了。」

「因為在做戲，所以生活不要太戲劇。」

與之相反，只要有岔路，我總挑極端處走。

我已經擁有我的巨獸。

孝親房

久未歸鄉，伸手一抽，薄薄的塑膠袋就像偶人被抽了魂，頹軟地倒下去。衛生紙剩下最後一張。

我下樓，進到慣常堆放雜物的儲藏室，一打開門，步入暗室，憑藉微小光線依稀辨物，伸長了手穿過一排衣架，於後方探找衛生紙串。此時嗅覺突然敏感起來——咦，這房間的味道異常熟悉，這是——手停在半空，回想起它有個名字，叫做孝親房。

為長者設計的孝親房，通常位居一樓，格局小而方正，位置中庸，前接客廳，後鄰廚房，進退皆宜，幽隱而不張揚。但更明顯的特徵，恐怕是它的氣味。常年少開燈的房間，讓所有物件覆上一層淡淡水寒的黑霧，在這涼冷之中，混雜著衣櫥裡冬季厚羊絨毛料纖絮的氣味、一絲古早年代豔濃的香水味道、身體膚屑髮油氣味、鏽斑鐵盒的金屬腥味、角落蜘蛛絲灰塵味、紅包袋及隔夜甜酒之味、以及如溪邊石苔腐泥的陰寒之氣。這些氣味嚴密厚實地層層疊覆，交融起來，建構起孝親房的骨肉。

國中以前，書房位於孝親房中。書桌左面靠窗，一拉開雕花玻璃窗就是廚房。放學後打開桌燈邊寫功課，邊聽抽油煙機轟轟運轉，溫暖又低頻，加上鍋鏟錚錚作響，有些催眠況味，尤其在運算數學習題時，下筆漸緩、漸慢，心思全都飄到廚房去。媽媽煎好了魚，熱燙剛起鍋就推開窗戶，在開飯前，喚我偷嘗幾口。魚皮金黃酥脆，那時滋味最美。右邊是哥哥的書桌，再往右，是奶奶的雙人床，她常坐在床緣，笑看我倆讀書。

八十餘歲的奶奶滿頭白髮，銀亮滑順，如同雪狐的毛皮。十分注意儀節的她，儘管髮型不亂，仍不時拿起櫃上的紅鏡，以琥珀色密齒扁梳仔細整理，梳出一條條齊整髮線，最後再戴上細框髮箍，完成她的造型。

爸媽上班，還未歸家，她就陪我作伴，牽我去文化中心廣場悠晃。我也知道，只要撒嬌，她口袋裡總有銅板，叭噗冰甜筒的數量是毫無限制的。可以先來一球芋頭一球鳳梨，然後再點芋頭加花豆……叭噗冰綿密Q彈，小心思也綿密盤算著。回到家，不大識字、只會臺語的她，在客廳閒坐以過期蠟光日曆紙，折編出紙鶴、茶墊和小藝品。但更多時候是在房內，身蓋薄被，側躺休息。

現在想起，以書桌分占奶奶的空間，應是過於擁擠了。開始到臺北讀書時，奶奶已經略略忘事，隔月回家，如同久歸之人的待遇，家人在旁圍著奶奶：「妳看這是誰啊？」以親熱、期待又提示的口吻。奶奶每次都成功過關，精準叫出名字，我暗自鬆了一口氣。「這我帶大的，我怎麼會不知道。」神情一派得意寵溺。然而接下來，便拉著我的手，叮囑要快找個好對象、結婚、生子。奶奶，我才大學生啊……講了幾次，她似聽未聽，之後我就笑笑握著她，任由她說。我的手慣常冰寒，她的手暖，手掌柔軟而厚，靜脈凸起在白皙鬆弛的肌膚上，恰如青綠的山紋。

奶奶健康地活到了百歲，我們搬了家，她的叮囑至今仍未能實現。

新家這房間也放了雙人床，但主供儲藏，爸媽偶爾在此午睡。我拿好一包新衛生紙，在暗燈的室內，端坐在空蕩床上一會兒，想到父親果然遺傳自奶奶，逐漸蓄滿一頭漂亮的銀髮，而我也走到當時爸媽的年紀。我們如同卒子，一個接著一個，在時間的棋盤上，走不能退後的步伐。

當日午餐桌上，媽媽煎了邊緣焦脆的鮭魚，喚我說：「在外面吃魚不容易，多吃些。」一伸出筷子夾起，送入嘴中，卻突然嗆口……好澀啊，我心想。魚肉鮮甜依舊，幾滴新加的檸檬，顯得真是過酸了。

甜點

難得回老家住，家人反而因為這個那個的原因，通通不在家。為自己燉一鍋干貝瓠瓜雞湯，煎了蛋捲，配上一點水果，簡單地吃。

是晚上了，窗外的昆蟲唧唧，初秋下午的一陣急雨洗過，連牠們的聲音都彷彿保有水氣，豐沛又有潤澤透明感，躲在什麼草葉之下的小小的牠們，竟能發出這麼宏亮的聲音，穿透入屋。除了立體環繞音效般的蟲鳴之外，一切靜默。天地、月夜、偌大空間裡的空白。沒有人聲、車潮、遠處的霓虹，鄉間就是這麼安靜，我差點就忘記了。看著空掉的碗盤，發了一下獃，然後突然發現，就是現在──現在又到了最適合吃冰淇淋的時刻。

事不宜遲。立刻起身，從冷凍庫裡翻出冰品，撕開封膜。一個人豪氣地抱著一桶冰淇淋，拿起湯匙直接挖取，是略帶孩子氣、卻也最為爽快的吃法。剛從冰庫裡拿出來的冰淇淋，表層堅硬，就算鐵湯匙用力刮過，也只能刨下一點絲屑。但只要努力不懈地滑啊滑，冰淇淋開始變得鬆軟，像鵝絨細雪，一挖下去，就露出鬆軟好看的層理。

這時候的冰淇淋最好吃了，入口十分綿密，像是一種剛誕生於世上的新物，被祝福之物。這種一人獨享的獨占式吃法，有意外添加的快感，愈吃愈順口，等到回神過來，低頭看桶內狀況，又演變成「啊，糟糕。」明天絕對不敢站上體重計的窘境。

在留學期間，倫敦居大不易，又愛看戲看展，一般用度能省則省，上超市也會留意不同商品的數字變化，走精打細算路線。但偶爾，會反常買最貴的 Häagen-Dazs 品脫杯存著。當寫論文寫到元神散盡，覺得自己意識已化為一抹荒原上迷途灰影時，會飄到廚房，捧起冰淇淋，縮在客廳的沙發上，一湯匙一湯匙地挖。

那時候的客廳也是如此安靜。琥珀色的木質拼接地板、杏仁白麻料沙發、身上披的薄毯、牆邊不斷散出眼不可見的暖氣、窗戶外正下著雪的異鄉、不遠處冰凍的泰晤士河水，所有事情如此真實、近身，卻又不具實體，如同薄霜，如同夢境的霧氣。

我只知道我的身體非常渴求甜意，給我糖，給我糖。冰淇淋不是飽足之物，卻是當下唯一能饜足我的事物。體內有一個空掉的洞，漆黑的，只有它能夠填充。捨棄吃甜食的罪惡感，一口一口挖取，腦袋停止思考，讓感官自動運作，交出所有的主控權——吃到身體覺得夠為止。逐漸放下高更畫作《我們從何處來？我們是誰？我們向何處去？》的追問，逐漸忘記洞仍然存在，以冰品在冬季為自己招魂。

除了獨享，甜點也適合收尾，為美好的一餐畫下句點。然而畢竟面臨結尾，還能吃多少甜，攸關實際的肚量問題。

大學時，每週至一個叔叔家聚會，十幾位師大及臺大的學生，先用餐，之後隨興唱唱詩歌，聊聊生活，度過一個夜晚。他們家的菜，好吃得沒話說，道道經典家常，卻又是小餐館等級的。而年過五旬的叔叔，親和力滿點，讓離家在外的我們多了一個家，不免親暱地叫他一聲梁爸爸。

有次晚上，他帶了一盒蛋糕回來。飯後切開，一人一片，桌上有過節的興味。我一定是吃得太香了，或者不小心讚不絕口（感覺人生匆促，我很容易對喜愛之事盛大讚美），總之，蛋糕之後就時常出現。有時是整個提拉米蘇、有時是捷運站外的手工派、有時是月餅糕點，包裝美美地放在一旁，看得大家心花怒放。

餐後分食蛋糕甜點時，總容易餘下一兩片。梁爸爸會說：「緯婷，妳喜歡甜點吧，那是妳的喔，多吃些。」或者直接在一開始，大刀一劃，切給我將近兩倍的份量。哎呀，當下的我實在非常為難。就算說出「一片就夠了，真的吃不下了」，梁爸爸仍充耳不聽，笑瞇瞇地看我，以十足把握的眼神，九十歲梁爺爺也在旁用同款笑容呵呵笑著……好吧，雖然對甜點的愛好其實只有一片的份量，但是，被這種眼神關照，任誰都只能投降。我低頭看盤中的第二塊蛋糕，覺得其上的鮮奶油簡直面露凶光。

兩年前梁爸爸走了，告別式當天工作有要事，無法出席，而梁媽媽邀請我寫一段短文，我不知道用什麼糟糕理由，推託掉了。這對習用文字、又受他們照顧甚多的我而言，絕對是非常無禮的回應。但我沒有辦法，只要提筆，一定又像梁爺爺告別式那樣，站在偌大的殯儀館講臺上，邊講邊痛哭失聲。那天的花很香，整個廳內是潔白靜雅的花朵。那不是我要出席的告別式，至今，我也還沒有準備好要道別，終究笨拙於面對結尾。

冰淇淋適合一個人吃。我總在一個人的時候，抱著一桶冰淇淋吃。我將蓋子闔上，冰回冰箱。頻繁往返醫院的父親，手術住院已將近兩週了，陪同過去的母親，辛苦不亞於他。他們應該，能在這桶冰淇淋空掉之前回到家。

啤酒如水，紅酒才三分醉。
月不完全圓，把所有煙火痛快放了，彷彿沒有明天。

洞

路面上布滿洞口，眼不可視的，林林總總，給人埋伏。
以為是路的，走著走著，就被什麼吃下去了。
那些洞口，無法預測、防備——
洞的本質就是陷落。

洞有寬有窄，洞裡面的景色不一。
有些充滿異想生物，有些揚起沙狀的海，有些永恆迷幻樂音，有些冬雨霧室。
更多的，是真空靜音夜裡的黑牆、黑牆、黑牆，以及黑牆。

待在洞裡的時間，也不一致。

幸運的，幾月、幾年。有些花了一輩子，還待在裡頭。

經驗顯示，努力找尋出口，只讓洞口愈來愈小。

攀爬、倒立、哭嚎、錐刺、狼吼、搥牆，全不管用。

洞是一種彈性材質。

洞有意識，洞與人彼此監視。

進入的人，有時不知道自己在裡面。

知道身在其中的人，也不一定想出來。

出來的人，卻有個共通點——不知道究竟是怎麼出來的。

「時間。」他們彷彿用氣音不很肯定地這樣說。

那口形，瞧著像另一個洞口。

離開的人不能多想，不敢再多想。

一想到那洞的味道、溫度、情緒、重力、多少夜晚的鏡像之屋，熟悉的洞就會再度找上他們，在身後悄悄張開。

二十幾歲時，你根本不知道那是洞。

三十幾歲的分別是，你開始分辨出它是洞，經過，提防，卻仍舊掉下去。

你在世上，繼續生活，世界在身邊毫無疑問地運轉。

然而你是屬於洞的人了，永遠隔那麼一層。

厚厚的，深深的，無限反射，身邊充滿屬於你自己的回音。

有耳語送來祕密：「所有都是人的錯。」

是什麼樣的人，就吸引什麼樣的洞。洞是無辜的。
洞也有心，洞保護著你。
跌倒了可以爬起來，同一個洞，可以跌兩次。

八月八日來了，第一次沒有父親的這天，這麼陌生。
今年我得到了一個新的洞。

在洞裡是不幸的嗎？出到洞外是比較幸運嗎？
望向洞口上方小小視線的藍天，白雲輕輕慢慢地飄過。
抱膝蓋靠在牆邊，洞外的人聲逐漸稀薄，像多年之前破碎的流言。

一切都無足輕重。不知道是不是洞裡的空氣影響了我，開始這麼想——
重要的，都保存在洞裡，與我在一起。

洞的牆是堅實的，存在的，不費哲學思辨。洞永遠接納我。

洞於是開始軟化，改變，它貼合我的肌膚，成為另一層薄衣。

走在路上，洞與我如影隨形。

三十幾歲的分別是，我們掉下去，然後穿起它。
我們身上披著一層又一層的，透明的洞的薄衣。
如是變成愈來愈老的人，愈來愈難溝通的人——
你要看見我，要撕開一層層的薄膜。

我喜愛我新的洞。
我是不可能再跟他分開了。
我不再講究幸與不幸。

白沙

太陽是可以偽造的
請從以下選擇：
蠟光、粉彩或者珠光材質
笑容經年錘鍊
已經比善變的情緒更加強健
比起微笑，不微笑才令人
更加疲倦

但一場埋葬已被執行
它仍在執行
硬幣般的洞口
遍布在全身的洞口
你看不見嗎
不間斷的白沙——
一顆星星老去，經過火
終於妥協後的樣子
白沙彷彿生命河的水
準確流進我的胸口
從上往下，連搖帶按

塵歸塵，土歸土
他們這麼說
我跟著他們說
塵歸塵，土歸土，塵歸塵

像終於憶起的老歌謠
我迷戀那語言和音韻
在吟詠行列中
獨自懷揣一顆隱形的糖
疊加的樂趣，可預測性之曼妙
那使人安心——
阻絕任何的意料之外

我是被放倒的那人
我是需要催眠曲的那人
我是需要黑白照片的那人
我需要百合、白蘭花及木棺
那男人什麼都不需要
他擁有我第一個口音
穿最好的西裝和鞋
沒有路留給他走

一個男人離開
另一個男人到來
生命你憑什麼
允許所有的替代
餘下遍布孔洞的肉身
彈奏流沙之歌

購物男子

不是要消費性別或製造對立，也一貫討厭過於簡便的二元劃分，但「男人比女人更愛買東西」，在有限的個人經驗裡，是鐵錚錚的事實，尤指我老爸。

告別式結束當晚，走進三樓父母臥室，衣服已如小山一疊一疊，自成山嶺起伏，堆滿整個床面，母親還不斷從衣櫃深處，掏出父親私藏的衣褲。「妳看啦，怎麼收？」累壞的她，坐在床角，這麼說。以問句發語，達委婉抱怨之實。勤儉持家、甚少購物的她，想不通為什麼嫁給這麼愛血拚的老公。

那些衣服，泰半不曾見他穿過。顏色殊異的薄羽絨外套同款三件、未拆塑膠封套的厚刷毛衛生衣整疊、仿製名牌標章廉價棉T十餘件、寬鬆束口的家居褲同款數件，更匪夷所思的，還有兩打全新的女用內褲。我與母親翻揀這些厚薄不一的衣褲，面面相覷，心情也跟著走過一輪春夏秋冬。

先前歸家，長病榻上的父親，頭包圍巾如阿拉伯人，手從厚被中伸出，拉拉我的手，交代：「一定要找好衣服，輕、暖、注意質感，冬天穿起來舒服又不會重。我最近買到一些，不錯。」他天生怕冷，久病後，身形削薄如紙片，腳和肚子又易水腫，肌膚格外敏感，稍有不適，便疼得哀哀叫。我摸著那些衣物，的確綿軟柔滑，也能輕易穿脫，包裹老爸的身子，如呵護豌豆公主。

而他鍾愛的並非高價百貨，而是尋常市集。彷彿可以想像精神好些的父親，趁母親不注意，開車到傳統市場，在人潮擁擠的早市街巷中，隨「來喲俗俗賣喲」的叫賣聲，興奮得東瞧西看。全家最會分心的就是他，旅行時，被山海美景勾走，隨意停車、亂入歧路、好玩愛吃的也是他。他的自由對比母親的精準和忡忡，在我眼前常顯得魔幻，是個全般不受時間分秒束縛的男人。購物的量詞也與常人不同，每心有所愛，便從一套、一手、一打、一箱起跳，罔顧實際需用額度，回到家，就藏囤起來，與母親大玩捉迷藏。

想起有次家族烤肉，到尾聲收拾碗盤，有人問：「爸爸呢？」才發現他似乎在炭火剛點燃時，說一句想吃烤地瓜，便不見蹤影。什麼時候消失的，眾人全無察覺。餘燼全數撲熄、食料收入冰箱後許久，才聽到鑰匙轉動前門的聲響。錯過整晚烤肉、姍姍來遲的他，像逛完繁花園子，臉上喜孜孜地笑，手拎一大袋生地瓜。

那晚與母親看著那些仍是新物的遺物，滿床未及襲身的四季，我突然有種錯覺——告別式封棺火化的畫面只是假象，父親不過是再度跳脫時光，悄悄離席，隻身去了一處我未知的美景勝地，等他挑到好貨、玩耍夠了，便會自行心滿意足地返家。即使他熱愛處處迷途，只要等下去，不久，我就會再次聽到鑰匙開啟家門的聲音。

後來發現，只有事關感情、寫作、旅行，才會寫日記。

那些日記本已放滿一個抽屜。

幾乎不回看，沒有那個膽。

離開之前，也一定會把它們通通燒掉的。它們注定孤老、焚身。

沒有什麼比火，更適合這些記憶。

如此，又為什麼而寫呢？

不過是一條條羸弱的、時間的刮痕。

剪髮

觸碰到肩帶的頭髮，留了兩年多。先前染色的頭髮順著時間，像瀑布一樣，卡在中下半段。毛毛躁躁的，有色澤不一的亮點，尾端還有小分岔。我無意識地用手指夾一撮頭髮，反轉來看，然後皺眉頭。

是該剪了，一刀俐落將染髮截斷，回歸短髮。念頭像白粉蝶搧翅，翩翩轉了好幾次，又止住。我將髮束放下，不斷想起，父親喜歡女孩子留長髮。

父親喜歡的類型很好猜測，最傳統的那種就是了。「女孩子當然是長髮好，長的好看。」在他的語句裡，這種「當然當然」的事情很多，出現得理直氣壯。本來可能就偏好溫柔婉約，後來受信仰的影響，更相信《聖經》所說：長髮是女子的榮耀，給女子遮蓋和保護，長髮亦是女人順服丈夫、不能出頭的外顯記號。兒時週日晨間踏入教會空間前，我從小袋子掏出一個巴掌大的圓蕾絲布，有黑色款、白色款，用髮夾別在頭頂上，這是姊妹的蒙頭帕。它是譬喻、是符號，也是母親和我的現實——我們總是在一層薄布般的覆蓋之下，在大事上，沒有發言權。

有次上臺北看展，穿套黑洋裝，絲襪高跟鞋，薄薄的蕾絲覆在胸前、肩袖。也正要出門的父親看到，盛讚說；「今天配得好看，妳每天上班就應該這樣穿。」還興沖沖地請媽媽掌鏡，和我在家門口前合照了一張。難得在家門口拍照，因此記得清楚，那天陽光白亮白亮，穿透夏季稻田整片迎面灑來，我被潮水般的陽光惹得眼睛微瞇，父親也挽著我的手瞇瞇笑。這麼開懷地給我稱讚，我強烈感受到我「做對了」，今天表現得很女孩。回想素常一身棉衣、牛仔破褲就出門的搭配，經過客廳，父親總斂著臉一聲不吭，怕是隱忍我久時。

他在服裝上有許多規矩，媽媽曾被禁穿V領的上衣，衣服不能過緊，嚴禁暴露，膝蓋是分界線。小可愛、無袖、小短裙、熱褲，在成年之前，幾乎沒碰過，成年之後，也不會傻到穿在爸媽前。臉書照片，偶爾露餡，沒兩日父親必來訊息，開頭招呼沒說兩句，直奔主題，換一副訓責口吻，告誡褲子太短了，世風日下，外頭是罪惡索多瑪城，路上淨是邪念歹人，如此穿著不妥云云。我慢慢將心思抽離，像雲絮、像風，維持「不予回嘴」的最大禮數。

聽說幼稚園我常生病過敏，父母為了增加運動，帶我報名跳舞班。舞蹈教室在市場裡一間皮革店面的樓上，我爬長長窄窄的樓梯，穿過昏闇窄巷白鎢絲燈泡魚白的光線，推開玻璃門。在那裡什麼都教，芭蕾、武功、民俗，隨音樂拍點，將身體凹來折去，手捏蘭花指或蝶姿勢。畢竟是幼兒舞蹈班，路數不計，中西合璧，有時鳳冠霞帔跳鳳舞，有時穿輕薄的 tutu 練轉圈。那是段開心的日子，不論是鷂子翻身轉到暈眩，或老師坐在背上逼練壓筋，盯著玻璃牆中的我的臉，明明齜牙咧嘴，痛卻快樂著。

升上國中某天，跳舞課突然結束，毫無預警地取消。我將舞鞋繞上絲帶，放入盒中。十年後和父親閒聊，才知道，當初停學，是因為他發現跳舞時的緊身衣，讓開始發育的少女身體一覽無遺。一顆青澀的西洋梨——我揣摩——逐漸膨脹，有了曲線，掙脫平面，日日蜜熟累積甜意，那任意竄流的生命力，是否讓人感覺危險。「就這原因？我多喜歡跳舞啊，你看不出來嗎？」想這麼問，卻聽到自己的聲音：「原來如此。」一樁多年未解的懸案真相大白，情緒卻像溪水陰暗處的小石頭，冷冷涼涼的，翻不起激躍的水花。原來如此，果然如此——多年來，無數次碰撞之後，我已經學會，山是不會轉的，山有山的規矩，有我手觸碰不了的核心。

究竟還要限制我多久？比我倔強的父親，如此「父親」的父親，說：「父親的話永遠是對的。」我學習成為不吵不鬧的孩子，成為「這一種人」，而非「那一種人」。

國二時，主日結束，大人們還在聊天，我走到二樓遊戲間，與另一個被父母放生的弟弟，有一搭沒一搭地接話。半小時後，門被大力打開。「趕快出來。」帶有怒氣的聲音與指令。莫名其妙回到家，父親說，永遠不可以跟異性單獨相處在一個空間內，妳忘了嗎。「我沒忘，父親，只是，那弟弟才小學六年級。」低頭的我，這一句沒說出口。

不能單獨與異性同處一車、一室，聊天時永遠要有別人在。聚餐約會，夜晚超過十點，手機就累積十數通未接來電，而且持續震動。我能將手機翻轉，繼續話題，焦慮卻像蜈蚣的腳，密麻地踩上胸口，直到再次匆匆離席。父親是否期待我不曾瘋狂戀愛，就遇見真愛。父親在完成他的夢想，將小女兒守在玻璃罩內，安穩、靜好，無欲無求作永生花。

國中男同學夜間打來的電話，聽到你的聲音就掛斷。半數的男友，不論交往久長，你不曾見過。我度過好辯時期，學會消音，將話聽到最後，偶爾點點頭，然後離開，出門，抵達預定的目的地。我們用我們的方式彼此體貼，我為你砌牆，耐心、堅固、周密地組織磚瓦，讓你缺席我部分的世界。

你用你唯一會的方式保護我，我也用我的方式保護你。父親與女兒，少見地達成共識——相信對方比自己脆弱。事實上，我想你懂得那些無聲的電話，像低飛的蜻蜓，敏感察覺天地間抵擋不了的、潮溼欲雨的天氣。

其實我明白，父愛束縛你，正如你如何束縛我，兩個方格裡彼此打量的困獸，分享相異又相仿的無力，徒勞的困惑。最後最後，你或許也學會對我沉默。一片黑暗之中，你切開庭院的燈，一個人推開門，在圍欄外來回踱步。屋前的竹林千百葉片陰陰閃動，你拿著手機，等待女兒歸家，十點，十一點。

那些往復的迴圈，在我身上已踏出烙痕。我時時感覺你的喜怒、好惡，在我身邊不停來回踏步。我似乎總在焦急返家的路上，不全然認同你，卻在綠燈亮起的瞬間，急切地踩下油門。知道你將永遠限制我，正如你將永遠愛我。父親與女兒，之間容不下別人，不管飛離你多遠，又不斷回歸近你的身邊。

頭髮長得不像話了，乾乾裂裂的，最好一刀剪斷。你都走了三個多月，一整個季節過去，我還在猶豫。頭髮究竟算上什麼事呢，身體髮膚，無法乾脆捨離、輕易放手。

這一頭長髮是你看過的，在仍有你的日子，最後幾年，我不曾剪短。它於是愈留愈長、愈留愈長，知道你喜歡——瀑布一樣的時間、喧鬧與沉默疊加的時間、黑暗與光亮交織的時間，時間是剪不斷的。

煮飯的女子

聽過一個故事，有笑有淚，篇幅卻非常簡短：

孩子們在母親節買了禮物，笑著一起說：「母親節快樂！」媽媽拆開包裝，看到是個鍋子，就激動地哭了，說：「就連這天，都要我為你們煮飯嗎？」

印象深刻之餘，卻也感覺熟悉，敘事結構曾聽聞過。直覺想，這故事大概是「母親一輩子將煎好的魚肉分給兒女，病危時孩子仍準備魚頭到醫院，她盯著魚頭的眼睛默默流淚」之變體。此類故事有許多版本，流傳甚廣，我猜測，背後是由諸多有苦說不出的媽媽們推波助瀾，把辛酸包裝成笑話講。

女性形象，似乎總與廚房灶火脫不了關係，從「舉案齊眉」詮釋夫妻互敬的老典故，「上得了廳堂下得了廚房」的經典選妻守則，到近年令男女都心動買單的日劇《月薪嬌妻》，時代不斷更迭，對女性繫上圍裙、打點菜餚的賢妻想像，卻沒有改變多少。即使自小是雙薪家庭，父母仍順行這套傳統運作。

老媽是把爸爸慣得太好了，隻手包辦買菜、煮飯、洗碗一整條流水線作業，讓老爸回家只須舒舒服服放空，坐等好料上桌，慢慢養就他四體不勤、五穀不分的狀態，不知人世土壤的春夏秋冬。直到前幾年，還在餐桌上聽他用筷子指菠菜問：「這是高麗菜嗎？」的驚人發言。

我鮮少看他做任何家務，連喝完白開水、毫無油垢的杯子，都隨手放入洗手臺，面無赧色地離開現場，彷彿脫塵仙人，雙手水露不沾。長大後我每見此景，就跟在父親後面碎碎唸，一邊把水杯給洗了。老爸則泰然以一副「沒事啊」的微笑，默默飄離廚房，下回依然故我，水槽裡日日零星擺放他昨夜的水杯、午後的茶盞。

當三十之後，搬至外縣市賃屋獨居，假日回家，老爸開始時不時關心我的廚藝進度：「現在自己住，有煮飯嗎？回來好好跟媽媽學幾道菜喔。」語句像戚風蛋糕，夾帶大量的語助詞，鬆軟、過甜，是一種期待過大而故作輕巧的口吻。然後說起媽媽結婚前，一道菜都不會煮，嫁過來後憑幾本傅培梅，擺在爐前，邊看邊炒菜的故事。老故事我聽過好幾回了，閉眼都可浮想畫面，而週末難得回家，整桌熱騰騰的飯菜當前，無暇為阿爸的教誨分神，只能邊夾菜，邊以鼻音哼哼應答，也心想難道我脫離少女時代了嗎，居然跟我說起這個。

爸爸的用心我懂，書櫃陰暗處那幾本穿塑膠書套的《培梅食譜》我也記得，只怪母親煮的菜實在太好吃了，無由班門弄斧，壓根興不起一絲掌廚的動力。

婚事確認之後，爸爸鍥而不捨，在餐桌上開啟一波新攻勢，這次卻由詭異的角度切入：「媽媽食譜價值連城，有許多招牌菜，學會就是賺到……但沒關係，妳媽結婚前也是什麼都不會，以後慢慢開始就好。」那轉折和頓點十分曖昧，並配上一種悵然若失、教女無方、追悔莫及的落寞眼神。我一口麻婆豆腐差點沒嗆到——

喂喂，會不會太小看你女兒了，別給我直接下結論啊！十幾年買菜、提菜、切菜的副廚經驗，除練就基本眼光與刀工，不懂掌勺，至少也養得刁鑽的嘴，略懂幾分鹹甜。何況，你怎麼就知道未來女婿不會煮飯呢？

結果，我先生，還真的什麼都不會。除了麻油雞以外，他的麻油雞值得稱讚。但在廚房的世界裡，無法單招制霸。

婚後我們搬進一間老房子，格局小，在那貼有乳白色磁磚牆面的狹窄廚房，僅供單人回身，此後也是我一人的天下。我們瓦斯爐跟抽油煙機買了，炒鍋跟不鏽鋼料理盆也買了，友人們送上新婚賀禮十六件骨瓷碗盤組和日式酒杯，可蒸可煮，什麼都齊了，只差站在火前的大廚。

但火有什麼可怕，飢餓感才可怕。從古早起，人們對飢餓的恐懼就更甚死亡，飢餓感是造就文明的最大功臣，驅使初代人類走出安穩的洞穴，去認知陌生萬物、學會唸咒、破壞並創造世界的新秩序。再說，我有老媽的基因，搭配小獅的衝撞個性，執起鍋鏟，不熟也能裝八成模樣。一切蓄勢待發，船帆揚起，廚房儼然成為一個待我征服的神祕大陸。

進入廚房，彷彿回到第一堂鋼琴課，將手輕巧弓起，食材變成我的黑白琴鍵，練習在其上快速地移動，左右手前後進退，交互搭配適合的節奏。生活也隨之持續變奏——下了班先到超市報到，挑選今日的葉菜蔬果，從標價判讀近期是否風調雨順；在冰箱常備奶、蛋、豆腐，架前擺放蔥、薑、蒜頭，那些格架成為我另一副胸腔心室，空了就惴惴不安，須即刻添補；週末於大賣場推巨型手推車，採購麵包、肉品、冷凍魚貨，學會分裝和標籤的技術，或趁空閒的下午，慢慢處理香料，燉一鍋耗時的滷肉。

腦海裡，依稀少女模樣的母親，邊翻傅培梅食譜，邊忙亂調味的背影，似乎益發清晰了。我穿上她的影子，將手機立在碗架旁，跟著網路食譜的步驟，拿量匙添糖、加醋，設定倒數計時器。或站在抽油煙機的黃燈下，隔透明的鍋蓋，看蒸氣從孔洞中冒出，水滴在蓋上密密凝結又滴落，像導演一場盆地裡的雷陣雨。原本滿是時尚穿搭、山林郊遊、網美甜品的ＩＧ頁面，也因搜尋紀錄，泰半變成料理教學的短影片——味噌鮮菇鮭魚炊飯、番茄白菜豬肉煲、剝皮辣椒雞湯，愈滑愈餓，等不及打卡下班，奔赴商場採買食材，嘗試今晚的新料理。

在大約從量匙和食譜畢業，晉升依直覺調味階段的某日夜裡，我忽然想尋一點情話甜意，隨口問先生：「為什麼覺得結婚幸福？」

他偏頭思考兩秒，表情誠摯地說：「因為現在回到家，就有熱熱的飯菜可以吃。」

我撫摸他臉頰的手，瞬間凍結於半空。噢，老公這回答嚇到我了，未免太過老派經典，完完美美的窠臼。婚姻生活能舉的例百百種，為什麼偏挑煮飯。難道真如那句老話：抓住男人的胃，就抓住男人的心？我相信他是真因熱騰飯菜感受幸福，卻仍不禁為男女的刻板形象，隱隱不平——女性需要認真抉擇是否走入廚房，並為不下廚的生活進行抗辯；男性不用，他們單單洗個碗，就獲得賢夫孝子的掌聲。

燒飯有燒飯的樂趣，健康餐飲也有其魅力，然而我有時也懷念，一人獨居時，無人叨唸，自在放縱飲食的日子。

春初的那個週末，終於等到先生出差外宿，我像迎回嶄新洞窟的小熊，在房舍裡午時仍身著睡衣，大搖大擺穿梭，霸占整張黑皮的沙發，微微邋遢地過活。外頭的雨勢愈晚愈發淩厲，下午跟著大風，淅淅瀝瀝地下，亂無章法地下，如寫一紙狂草。我將所有窗戶關上，只點起屋正中央的一盞燈，空間角落漸次被朦朧的灰黑暗色包圍，整個房舍像飄搖的立方體，被雨水之神握在手中，所有牆面被雨水浸透。

已經過了平時用餐的時刻，但奢侈睡了一場過長的覺，我像時差的旅人，時間紊亂無序，感知也是亂的，它們都跟我一同，浮沉在一條晃蕩漫溢的河道。直至飢餓難耐，我才盤起長髮，踱步至廚房，手探進櫥櫃深處，拿出被先生打入冷宮的泡麵，滾水、撕開包裝、油料全加、打蛋、撒上敷衍的蔥花，五分鐘快速完成一餐。

將熱氣蒸騰的泡麵捧至桌上，打開筆電，開一瓶啤酒，配著影集，彷彿回到單身時刻。春雨在身後窗外，持續狂躁瘋悍地落下，在地上發出金針般的擊響。昏暗陰翳的屋內，熱湯的蒸氣不時暈染眼鏡鏡面，我如同一隻初生的飛蛾，緊盯筆電螢幕發出的光線，一口又一口吃著泡麵。

空間被室外雨勢襯得異常安靜，除了影集聲響之外，幾乎毫無聲息，我赤腳走在地毯上，連那些毛絮，也浸在一股灰溼霉暗的氣息中。我不僅回到獨居歲月，也想起遙遠之前曾在異地寒冷過活，窗外皚皚大雪，也是這麼一點一滴，將天地塗抹成絕對性的白。

隔日先生歸家，我如大夢初醒。傍晚綁起馬尾，進廚房開始切菜備料。將現流乾蝦仁沖過淨水，蒜頭拍扁剁末，放在玻璃小碗裡，等著炒蝦仁高麗菜。把蔥去尾切段，放好滿滿一小盆，米酒和蠔油順勢取出，邊盤算蔥爆牛肉的份量。將四季豆整包倒在鍋子裡，一條條豆莢於流水下洗淨，思考炒盤下飯的金沙四季豆。煮飯幾乎完成於開火之前，分切、剁碎、彎折，將食材由大到小，處理成方便入口的細末微物，我與它們費時廝磨。

我靠在水槽邊，慢慢折四季豆兩邊的蒂頭，一根根撕除邊緣的硬絲，邊看在客廳的先生已打開筆電，鑽進宅男模式，埋首寫程式。電鍋發出噗噗的蒸氣，飯鍋在裡頭不時傳出震動的聲響，廚房檯面上，大小碗碟相互挨邊緊靠，蝦橘、蔥白、蒜黃、辣椒紅亮，色澤繽紛熱鬧，猶如小花園。

窗外雨仍舊是下的，但這雨奇怪，個性感覺與昨日全然不同。他安靜工作，我在廚房剝四季豆，室內燈光一派明亮，我心裡也明晃晃地，一切飽足、充盈，再無缺乏事物。我一分神，突然明白——啊昨日的我，原來又感覺孤單了。

那孤單的背影極其熟悉，我再次疊合上母親。

父親離去未逾三個月，週末歸家，幾次切開廚房燈火，赫然發現母親獨坐於深處，挨在桌邊角，面前一個不鏽鋼盆。盆內有時是燙青菜淋油膏，有時是昨夜的菜湯。那料理盆素來是不上桌的，僅供加熱或冰藏。母親喜用漂亮的碗碟，亦講究擺盤，不僅油汁要收邊，以紙巾擦除，菜色除了美味也必須視覺活潑，常以新鮮的青蔥、黃蒜、紅辣椒，作色澤點綴。我望著母親單色懨懨賣相的「一鍋料理」，還沒發話，她便吶吶地說：「現在總不餓，吃得簡單。」

「怎麼不開燈呢？」

「天還亮著呢，這樣就夠。」

屋外的山龐大、靜默，覆罩無邊的陰影，我放下行李，默默沖一杯茶，坐回餐桌，陪她把飯吃完。

那時我忽然想起許久以前，父親歸家，樂天系的他總是吵吵鬧鬧。母親飯煮到一半，突然被他摟著原地跳華爾滋，不小心去廚房加水的我，也被父親喚去，夾在他倆中間，左搖右晃地被「三明治擁抱」。手持鍋鏟的她眼神無奈，嘴角有笑。

牙壞又貪吃的父親，對食物要求極多，要軟、要熱熱燙燙、要營養均衡、要重口味又要新鮮，一有不合即拒食，讓母親費盡心思。雖然挑嘴、難伺候，卻也極其甜嘴浮誇。每回母親端上味道中上乘的家常菜餚，可能是煎魚、蒸蛋、雞湯，他稱讚迭起，語調高昂：「這菜世界級的」、「旅行二、三十個國家，這味道無人能及」、「世界第一！」邊講邊豎起右手大拇指，鄭重在空中按讚搖擺了好幾次。食物已入口的我，有時對這世界頂峰的美譽，不小心挑起半邊懷疑的眉頭，身旁素來感情斂藏的母親，卻已呵呵笑得合不攏嘴。

我煮飯時，家裡公貓黏人，時不時挨著腳磨蹭討摸。丈夫若提早下班，也是黏人，在那僅供單人回身的廚房裡，搶著切菜、洗菜、取佐料瓶罐，偎著人作副廚。一人一貓同一副模樣，那種黏膩逼仄，有些麻煩，無限可愛。

突然明白，或許可以接受那句老話，不分男女，倒過來寫：若抓住我的心，就願意照顧你的胃。煮飯不是條件交換，但有愛，一切自然。

後記

Nel mezzo del cammin di nostra vita
mi ritrovai per una selva oscura,
ché la diritta via era smarrita.

——*Divina Commedia: Inferno, Canto I, vv.1-3*

三十女子尷尬，即使告訴自己不要為年齡所惑，仍漸漸發現三十果然是個敏感數字，尤其身為女子。

三十女子進退維谷，卡在一個不上不下的位置。

但丁《神曲》第一句，稱三十五歲為「人生的中途」。《三十女子微物誌》發想於即將滿三十五的那年，恰好走到三十年紀的中心點。

假若人生年日不過七、八十，前後半生，約莫可以於此分界。在這迷宮般的生命大園子裡，兜兜轉轉，既然已經走到中途的涼亭，值得歇一下，花些時間，端詳左右的風景。

女子・微物

書寫女子，前有多人，常懷疑自己可以再增添什麼。「女人」一詞，更令人倍感困惑，在今時今日，仍能擁有一個有效指涉的範圍嗎？「女人不是個穩定的意符，它並未擁有所形容與再現者的同意，即使複數也是混亂的語詞、爭議的定點、焦慮的原因。……身『為』女人，絕不只是唯一的屬性」，巴特勒（Judith Butler）說。

然而，當不被「女人」的框架侷限，除了生理外，所謂書寫女人，書寫的對象與想像又是什麼？我喜歡法國歷史學家朱爾．米榭勒（Jules Michelet）在《女巫》的抒情詮釋：「女人起初是一切的一切，無所不能的萬能者。……眾神們就像男人一樣；降生於世間，而後在女人懷裡死去。」溢美的文字，表達母性所能有的溫柔、生命、廣袤的包容力與創造力。女人是所有故事的的開始，如庫貝爾《世界的起源》。即使懷疑各樣的分類和標籤，既然擁有女身，仍想探索「女性」在文化和時代中，所能擁有的經驗——命運給予此生限定的禮物。

西蒙．波娃說：「我們並非生而為女人，而是成為了女人」。「微物」由不同物件起始，透過特寫耳環、指甲油、面膜、香水，敘述「成為女人」的過程、樂趣、嘗試與矛盾，由物入生活。

微情

「微情」裡，安放有些難為情的事。

三十女子的情感，一言難盡。一回神，就已晉升三字頭，出於非自願選擇，成為統計學上大齡單身的其中一個分子，一個低結婚率和低生育率的貢獻者。

早就告別了初戀，經歷了一些事件，現在的我們，變得慢熟、有點潔癖，也不能再說自己不挑剔。仍然有些期待，卻更看重相處自在。嫻熟愛情各類公式，懂得微笑應對親戚的關心，享受一個人的獨身樂趣。知道該保持行動力，但對於愛，哎有時不如追劇——原本調性是這樣設定的。

在分分合合之中，想順勢，對年上女子的幽微心境多點著墨，寫單身女子的瀟灑生活。孰料一不小心，書寫期間偶然新戀、閃婚，多了一貓一人，搬到一個打開門就有樹的地方，使本輯走向丕變，壞了所有打算。

情感或許也如同文字，不到最後一步，無從預料所有的轉折。三十，就是三十而已，三十無限可能。

微塵

凝視身體，開始發現眼角、額際出現一些細紋，容易疲倦，然後在某天，對鏡拔下第一根白髮。有人說女人二十五歲至三十歲間，生理狀態達到頂峰，之後就是漸漸走下坡，無論是肌肉量、體力或是美貌。

原本我都不相信這些的，覺得肉身只是一個參考，一個容器，真正的要緊事不會發生在這裡。直到某天，身邊的人不在健身、就在瑜珈，不再能任意熬夜，幾次突然就診換來意外的病名。甚至，赫然發現朋友圈裡，也討論起凍卵的問題。才知道肉身這容器，將如何限制人的情緒、活動力、對世界的感知，「老去」如此實際，幾乎可視，如同逼人的危物，於是同情《白雪公主》裡，皇后面對魔鏡的心情。

關於生活，讀完許多年的書，也換過幾份工作，對於生活的平衡，卻永遠在拿捏之中。稍微懂了人際，卻還學不會周到圓融；在「而立之年」卻依舊動盪，斷然辭職、讀書和換工作。已經從「女孩」畢業，卻還未進入一個穩定「大人貌」的模子，好像尚未成熟，長輩們卻在此際，逐漸歷經病痛。於是開始熟悉醫院森冷的空間、住院出院的手續，學習挑選探病的水果和雞精。

「微塵」收錄如塵飛揚飄移的生活狀態、終歸塵土的身體，書末回歸到父母及親人的離散，生命與家的核心。

生病十餘年的父親，在書寫後期，突然離去。在告別式上，哥哥致詞：「在世最後一年，參加了寶貝女兒的婚禮，了卻心中一樁大事。」母親後來告訴我，隨他火化的那套西裝，買得很好，父親捨不得穿。算算，他總共就只穿那麼兩次，一次我的婚宴，一次入棺。每想起這事，我就淚流。

父親走時將滿七十，我年三十五，果然是人生的中途。夜晚來得如此迅速，留我在那片昏黯的森林。天地微塵，難以言說的，只能記錄於文字，彷彿也只有文字，能承托一切。

時間是最愚人娛人的東西，種種開始，種種結束。

記得自己三十幾歲的樣子。

三十女子微物誌

新人間 四一〇

作　　者—吳緯婷
副總編輯—羅珊珊
責任編輯—蔡佩錦
校　　對—蔡佩錦　江淑霞　吳緯婷
封面設計—朱疋
行銷企劃—林昱豪

總　編　輯—胡金倫
董　事　長—趙政岷
出　版　者—時報文化出版企業股份有限公司
一〇八〇一九臺北市萬華區和平西路三段二四〇號
發行專線—（〇二）二三〇六—六八四二
讀者服務專線—〇八〇〇—二三一—七〇五・（〇二）二三〇四—七一〇三
讀者服務傳真—（〇二）二三〇四—六八五八
郵撥—一九三四四七二四時報文化出版公司
信箱—10899臺北華江橋郵局第九九信箱
時報悅讀網—http://www.readingtimes.com.tw
思潮線臉書—https://www.facebook.com/trendage/
法律顧問—理律法律事務所　陳長文律師、李念祖律師
印　　刷—家佑印刷有限公司
初版一刷—二〇二四年四月十二日
定　　價—新臺幣三八〇元
（缺頁或破損的書，請寄回更換）

時報文化出版公司成立於一九七五年，
一九九九年股票上櫃公開發行，二〇〇八年脫離中時集團非屬旺中，
以「尊重智慧與創意的文化事業」為信念。

三十女子微物誌／吳緯婷作. -- 初版. --
臺北市：時報文化出版企業股份有限公司, 2024.04
248面；14.8x21公分. --（新人間；410）

ISBN 978-626-396-015-2（平裝）

863.55　　113002348

本書獲國家文化藝術基金會創作補助。

ISBN 978-626-396-015-2
Printed in Taiwan